Paul et Virginie

Année de parution : 1788
Titre de l'œuvre : Paul et Virginie

ÉTONNANTS • CLASSIQUES

BERNARDIN DE SAINT-PIERRE

Paul et Virginie

Présentation, notes, chronologie et dossier par
JEAN-PHILIPPE MARTY,
professeur de lettres

GF Flammarion

**Le siècle des Lumières
dans la même collection**

© Flammarion, Paris, 2002.
Édition revue, 2007.
ISBN : 978-2-0812-1222-0
ISSN : 1269-8822

SOMMAIRE

Paul et Virginie

Bernadin de Saint-Pierre, émerveillé par le reculé, un voyageur aventurier, publira son oeuvre la plus connu Paul et Virginie en 1788. Vivants comme de bon sauvagess, frère et soeur par leur différentes mères, tombent amoureux. Virginie doit partir en France, laissant Paul à son désarroi.

« Caractéristique de la manière de Saint-Pierre, l'histoire porte nettement les marques du romantisme; cela se voit entre autres, dans la libération du sentiment, dans la mélancolie et dans le sentiment de la nature. »

Site Internet

Rousseau : Discours sur l'inégalité et l'origine des fondement de l'inégalité des hommes. parmi entre les hommes. = Esclavages.

Paul et Virginie : Nègres + négresses (Maronne)

Mal de la tour et Marguerite

Bernardin de Saint-Pierre :
de l'exotisme à la littérature

Né au Havre en 1737, Bernardin de Saint-Pierre mène jusqu'à trente-quatre ans une vie aventureuse. Embarqué à l'âge de douze ans sur le vaisseau d'un oncle, il effectue la traversée de l'Atlantique jusqu'en Martinique. De retour en France, il reprend ses études chez les jésuites, puis obtient un diplôme d'ingénieur militaire en 1759. Dès lors, il parcourt l'Europe (Malte, la Hollande, la Pologne et la Russie) pendant plusieurs années, en quête d'une situation qui lui convienne, mais il va d'échec en échec. Poussé par la pauvreté, il finit donc par accepter une poste de capitaine ingénieur dans un monde perdu au sud de l'Afrique, une petite colonie française nommée l'Île de France (actuelle île Maurice). Il y fait un séjour de trois ans (1768-1771) qui lui laissera des images puissantes, lesquelles nourriront la deuxième partie de sa vie, plus posée, consacrée à la littérature.

De retour en France, en 1771, il est reçu par d'Alembert, le célèbre maître d'œuvre de l'*Encyclopédie*, et fréquente l'un des salons littéraires les plus en vue de l'époque, celui de Julie de Lespinasse. Mais rapidement il rompt avec cette société de beaux esprits. En revanche, il se lie d'amitié avec Rousseau, dont il partage le culte de la nature et l'horreur de la société contemporaine.

En 1773, il publie sans grand succès son premier ouvrage, *Voyage à l'Île de France*. Encouragé par Rousseau, il travaille au grand œuvre de sa vie, ses *Études de la nature*, une somme philosophique dont les trois premiers volumes paraissent en 1784 et apportent à Bernardin de Saint-Pierre le succès qu'il attendait.

On sait qu'à cette date l'histoire de *Paul et Virginie* est déjà écrite, mais Bernardin ne la publie qu'en 1788, à l'occasion d'une réédition des *Études* dont elle constitue le quatrième volume. L'accueil du public est enthousiaste et les tirages de *Paul et Virginie* se succèdent : Bernardin de Saint-Pierre devient célèbre. Sous la Révolution, il est nommé professeur de morale à l'Institut. Sous l'Empire, il obtient la Légion d'honneur, puis un siège à l'Académie française dont il finira président. Il meurt en 1814 couvert de gloire.

La rédaction de *Paul et Virginie* s'est en réalité étalée sur une période de vingt ans (1768-1788), pendant laquelle le manuscrit a été plusieurs fois remanié et modifié. Dès 1784 existait une version déjà au net, et l'on peut raisonnablement penser que Bernardin l'aurait publiée dans le sillage de *Voyage à l'Île de France* si ce dernier avait été réédité : le récit fictif serait alors apparu comme le pendant du récit documentaire.

L'insuccès du *Voyage* a sans doute conduit Bernardin à repousser sa parution et à ne l'envisager qu'une fois le succès des *Études* bien établi. Mais au bout du compte, *Paul et Virginie*, placé dans le prolongement des *Études*, ouvrage théorique, se trouve habilement chargé d'un rôle d'illustration et de synthèse. Ce court roman, en effet, non seulement donne à voir mais rassemble le contenu idéologique exposé dans les trois tomes qui le précèdent. Le savant discours argumentatif se reformule *in fine* en discours narratif. La thèse se fait roman et, si les multiples rééditions indépendantes de *Paul et Virginie* ont peu à peu plongé dans l'oubli les *Études de la nature*, la pensée de Bernardin imprègne tellement le tissu romanesque qu'on la dégage sans peine.

La nature

Un cadre

Paul et Virginie débute par une courte description toponymique. Les personnages n'apparaissent qu'ensuite. La nature est première. Elle est le cadre choisi pour faire naître une situation de communication fictive (un dialogue) entre un jeune Européen de passage et un sage vieillard indigène vivant en ermite. Le jeune homme en se promenant loin de Port-Louis a découvert les ruines insolites de deux habitations en pleine forêt vierge. Il en sollicite l'histoire, et le vieux sage consent à la lui conter. *Paul et Virginie* se présente donc comme la reconstruction du passé d'un lieu singulier par un témoin digne de foi. Mais il est clair que le récit de la vie des six habitants du bassin des Lataniers (Paul, Virginie, leurs mères, et le couple des serviteurs noirs, Domingue et Marie) n'a pas pour unique fonction de faire plaisir à un jeune curieux, il a aussi pour visée son édification morale et celle des lecteurs. La narration a une portée argumentative.

Le bassin des Lataniers n'est pas seulement le lieu où s'inscrivent le dialogue-cadre et le discours oral du vieillard-narrateur, c'est aussi la terre qui a accueilli de façon privilégiée les protagonistes du récit. Elle a aidé deux victimes de la société, madame de la Tour et Marguerite, à se ressourcer avant d'accoucher de Paul et de Virginie. Elle a joué pour elles le rôle d'un refuge et d'un «nid». Cette façon dont la nature semble prendre en charge et protéger les infortunées manifeste de la part du vieillard-narrateur et de Bernardin un parti pris idéologique sans équivoque. La thèse qui se dégage est celle de Rousseau dans la première partie de son *Discours sur l'origine et les fondements de l'inégalité parmi les hommes* (1755): la nature rend l'être humain heureux. Le vieillard-narrateur le dit au cœur du texte: «Je tiens pour principes certains du bonheur qu'il faut préférer les avantages de la nature à tous ceux de la fortune [1]. » Rousseau, dans *La Nouvelle Héloïse* (1761), avait déjà montré la fondation en Europe d'une communauté heureuse en phase avec la nature. Bernardin va plus loin en plongeant ses personnages dans un cadre des plus sauvages et en montrant qu'il est possible d'y vivre et même d'y vivre bien.

En effet, le long séjour dans la *nature* est en quelque sorte favorisé *par la nature* elle-même, qui fait tout pour se rendre utile à l'humanité (cf. les bananiers dont les fruits servent de repas et les feuilles de linge de table, p. 44 et 66). Bernardin écrit dans ses *Études de la nature* : « Tous les ouvrages de la *nature* ont les besoins de l'homme pour fin. »

La nature constitue donc un cadre idéal contribuant au bien-être de chacun : « Chaque jour était pour ces familles un jour de bonheur et de paix [2]. »

Un spectacle

Loin de se limiter à n'être qu'un cadre bénéfique, la nature exotique est digne d'être observée pour elle-même. Elle est en effet créatrice de beautés inédites, et Bernardin est très conscient d'être le premier à avoir jeté sur elle un regard d'artiste. Ses descriptions de paysages tropicaux sont saisissantes par la précision lexicale des notations sensorielles (la vue, l'odorat, l'ouïe), l'attention portée aux moindres mouvements (le balancement des feuillages, le vol des oiseaux, l'agitation de l'eau) et leur subtil déroulement dans le temps. Maître incontesté de l'exotisme pittoresque, Bernardin réussit à suggérer au lecteur la présence vivante et fraîche d'un monde autre.

---

1. P. 69, l. 1032-1034.
2. P. 55, l. 637-638.

Ce travail d'écriture répond à une double intention : le lecteur, comme les personnages, doit se sentir à la fois en symbiose avec la nature et tout petit devant elle. Il doit humblement devenir son élève et retrouver sa naïveté primitive.

Cette vénusté[1] de la nature tropicale n'a pas seulement une valeur esthétique et morale. Elle appelle une élévation de l'âme vers celui qui est le créateur et l'ordonnateur de toute chose. Bien voir la nature, c'est finalement y découvrir Dieu. Ainsi Paul et Virginie, enfants élevés dans et par la nature, vivent spontanément dans l'intimité du sacré. Les églises ne sont pas nécessaires, c'est la nature entière qui est un temple à leurs yeux : « partout où ils étaient, dans la maison, dans les champs, dans les bois, ils levaient vers le ciel des mains innocentes[2] ». Et à travers eux, c'est toute l'histoire de l'humanité qui se répète : « tels dans le jardin d'Éden parurent nos premiers parents [...] Virginie, douce, modeste, confiante comme Ève ; et Paul, semblable à Adam[3] ».

« Quelque chose d'énorme, de barbare et de sauvage[4] »

Il ne faut pas croire pour autant que Bernardin de Saint-Pierre soit naïf. La nature qu'il décrit a aussi ses côtés inquiétants. Au lieu de favoriser constamment les hommes, elle s'attache parfois à leur résister (cf. le travail de la nature dans le quartier de Williams, p. 102), voire à les éliminer purement et simplement (le père de Virginie meurt des fièvres). Le domaine des Lataniers lui-même est entouré de rochers qui peuvent apparaître alternativement comme un rempart ou comme une menace.

1. *Venusté* : grâce, beauté, charme digne de Vénus.
2. P. 43, l. 268-270.
3. P. 60, l. 765-769.
4. Diderot, *Discours sur la poésie dramatique*.

En effet, la petite communauté familiale, qui semble dans un premier temps favorisée par la nature, n'est pas pour autant à l'abri de ses caprices imprévisibles. Elle subit des étés torrides et des orages dévastateurs. Le rêve tourne parfois au cauchemar. Tout se passe comme si la nature prenait alors mystérieusement plaisir à détruire, avec une violence monstrueuse, ce qu'elle avait patiemment contribué à élever.

À la fin de l'œuvre, l'emportement avec lequel un ouragan s'acharnera sur l'innocente Virginie paraît tellement scandaleux au vieillard-narrateur qu'il l'amène à douter de la Providence : « il y a des maux si terribles et si peu mérités, que l'espérance même du sage en est ébranlée [1] ».

Les sentiments

Une histoire de sentiments

La question du « sentiment » humain est cruciale au XVIIIe siècle. La thèse de Bernardin, dans le prolongement de celle de Rousseau, est la suivante : les sentiments viennent de la nature parce qu'ils sont issus des sensations (le mot « sentiment » vient du verbe « sentir ») et l'être humain, dans l'état de nature, est un et indivisible.

Cette unité de l'être facilite l'union avec l'autre, qui est un double de soi. C'est pourquoi dans *Paul et Virginie* tous les personnages centraux sont liés entre eux par des sentiments forts d'amitié (les deux mères, le vieillard-narrateur ami des deux familles) ou d'amour (filial, maternel, fraternel). Sur le plan affectif, la petite communauté est nouée par des liens indissolubles.

---

1. P. 98, l. 1825-1826.

Cette parfaite cohésion installe un sentiment global de bonheur qui inscrit *Paul et Virginie* dans la tradition du mythe de l'âge d'or[1], lequel consiste à évoquer avec nostalgie la vie simple et vertueuse des peuples agricoles des temps anciens. Cependant, Bernardin, comme Rousseau dans *Émile ou De l'éducation* (1762), situe son petit État parfait dans le monde contemporain et non dans un lointain passé. Le bonheur de chacun et de tous n'est pas une affabulation mais une réalité possible ici et maintenant. L'auteur de *Paul et Virginie* (entendons par là le jeune Européen du début censé avoir publié le récit) démontre que ce qui paraît utopique a eu lieu. N'oublions pas en effet que *Paul et Virginie* se présente comme un texte documentaire non fictif, le compte-rendu d'une entrevue avec un vieillard qui a vécu ce qu'il narre.

L'amour

Paul et Virginie est avant tout une histoire sentimentale. Les héros sont deux adolescents (ils ont seize ans à la fin du roman) amoureux qui semblent promis à vivre heureux et à avoir beaucoup d'enfants. Soulignons que leur amour mutuel, quelles que soient ses formes, est constant d'un bout à l'autre du récit. Il connaît peu de nuances, car ce qui intéresse Bernardin, c'est moins l'histoire de leurs sentiments (l'analyse psychologique) que le sens de leur histoire, la signification de ce qui leur arrive. En effet, leur amour n'est pas un problème pour eux, en revanche il en est un pour les autres.

Le moment venu (en clair, au moment de la puberté de Virginie), on fera tout pour mettre en question leur union et on les arrachera l'un à l'autre. Ces deux êtres, éduqués dans des circonstances pourtant prometteuses, seront trahis par leurs proches, et l'espoir qu'ils incarnaient rendu utopique. Ni dans

---

1. Voir sur ce point le dossier, p. 116 *sq.*

l'Île de France, ni en France, il ne leur sera permis de semer les graines d'une société idéale. Leur amour n'aura pas lieu d'être.

Le roman est donc construit autour d'une déception centrale, d'une crise. De façon schématique, on peut résumer son mouvement en deux temps :

• la première partie relève de la pastorale, genre stéréotypé alors en vogue et qui chante les vertus du monde champêtre. C'est une période lumineuse où les êtres vivent dans une microsociété en correspondance avec une nature exotique protectrice. Paul et Virginie, « enfants de la nature [1] », naissent dans ce monde optimiste et paradisiaque. Ils connaissent toutes les émotions que procure la sensibilité jointe à la tendresse. Ils grandissent ensemble dans une parfaite innocence naturelle. Dans cette partie, Bernardin cherche à plaire (*placere* [2]) au lecteur.

• la seconde partie relève de la tragédie. Une autre société, réelle, européenne, boiteuse, fait irruption. Sous son influence, les personnages sont forcés de se défendre, d'argumenter, de faire preuve d'individualité. Paul et Virginie découvrent une autre réalité dans laquelle le sentiment pèse moins qu'« un gros sac de piastres [3] ». Ils sont forcés d'entrer en frissonnant dans une période malheureuse mais vraie, où la nature elle-même change mystérieusement de visage, se fait scandaleusement dévastatrice, et finit par s'en prendre à l'amour pur lui-même. Dans cette partie, Bernardin cherche à instruire (*docere*) le lecteur.

La raison

Si l'histoire de *Paul et Virginie* tourne à la catastrophe, c'est sans doute en partie à cause de Virginie. Elle change. Brusquement, elle ne voit plus en Paul un frère mais un amant. Elle aura

---

1. P. 59, l. 759-760.
2. Le « *placere* », comme plus loin le « *docere* » sont, dans la rhétorique classique, des catégories désignant les principales finalités de la littérature.
3. P. 66, l. 964.

beau essayer d'associer l'image du jeune homme à celle d'un saint homme (cf. son culte de la « petite miniature représentant l'ermite Paul[1] »), elle perçoit que le temps des amours idylliques est clos. Virginie a le sentiment de s'éloigner d'elle-même. Sa représentation de Paul et d'elle-même se trouble (cf. l'orage comme métaphore du « mal inconnu[2] »), et c'est pour se sauver de son propre désir qu'elle consent à s'arracher des bras de Paul.

Mais, lors de son retour dans l'Île de France, il faut noter l'art consommé avec lequel elle se reconstruira, sous les yeux de Paul, une image inoubliable de vertu incarnée. À tel point que les habitants de l'île, médusés, la considéreront immédiatement comme une sainte. Virginie est non seulement une image de l'amour pur mais une amoureuse des images de la pureté.

Elle ne porte pas seule, cependant, la responsabilité de la rupture. Dès que Virginie est en âge d'être enceinte, les deux mères travaillent déjà d'un même élan à séparer physiquement les amoureux. Celle de Paul va lui faire mesurer toute la distance qui existe entre lui et son amour : Virginie est noble ; lui, Paul, n'est rien. De son côté, la mère de Virginie va assaillir la conscience de sa fille et, au nom du devoir d'obéissance filial et chrétien, la sommer de partir. Chacun réalise alors que la parenthèse heureuse est close. Il s'agit de regarder les choses en face et de cesser d'être naïf. À un moment donné, la nature doit être relayée par l'éducation sociale.

Plus profondément, l'échec de l'histoire d'amour de ces deux jeunes purs et innocents est à rechercher dans la confrontation avec la société, en quoi *Paul et Virginie* est clairement une relecture du mythe biblique d'Adam et Ève : Virginie, au lieu de vivre avec Paul retirée dans la nature sainte, est poussée à se perdre dans les lacis de la vie sociale européenne. Ce faisant, ce ne sont rien moins que la nature vierge, la morale et Dieu lui-même

1. P. 62, l. 841-842.
2. P. 60, l. 772.

qu'elle trahit. La colère vengeresse des cieux explose sous la forme d'un typhon qui empêche cette jeune femme, devenue vicieuse malgré elle, de réintégrer le paradis perdu de l'Île de France.

Ce mythe fondateur qui court en filigrane tout au long du roman est accompagné de deux autres mythes qui contribuent à fortement dynamiser et accroître la portée du destin des deux héros éponymes. Le premier mythe, qui sous-tend tout le début du texte, est celui des amours enfantines qui animait déjà le *Daphnis et Chloé* [1] de Longus. Il est relayé dans la seconde partie par un mythe encore plus puissant qui est celui du pur amour rendu impossible par un destin injuste, déjà au centre de l'histoire de *Tristan et Iseut*; il n'est plus alors question d'amourette insignifiante mais de passion déchirante.

La société

Deux sociétés face à face

La représentation de la vie sociale dans *Paul et Virginie* s'inspire là encore de Rousseau qui s'oppose radicalement aux théories traditionnelles selon lesquelles la vie collective est impossible sans lois et sans prince (cf. Montesquieu, *De l'esprit des lois*, 1748). Rousseau, lui, affirme qu'un tel ordre social est arbitraire par rapport à l'état de nature, qui est celui de la communauté et de l'égalité : tous les hommes naissent libres et égaux.

---

1. *Daphnis et Chloé* : héros du roman de Longus (écrivain grec, fin du IIe siècle-début du IIIe siècle), adolescents ingénus, élevés par des bergers dans l'île de Lesbos.

Bernardin choisit résolument dans *Paul et Virginie* d'illustrer sous forme romanesque la théorie de son ami. C'est pourquoi il oppose nettement deux sociétés :

• d'un côté la société européenne de l'Ancien Régime, fondée sur les trois ordres traditionnels (noblesse, clergé, tiers état), reproduite en miniature dans l'Île de France, et particulièrement à Port-Louis. C'est une société puissante de type urbain où triomphent l'échange, le commerce et l'industrie (cf. la description du quartier de Williams). Voltaire célèbre sa prospérité et son luxe dans plusieurs de ses œuvres, en particulier dans *Le Mondain* (1736) ;

• de l'autre une micro-société rousseauiste, étrange, exotique : celle de la petite communauté des deux familles du bassin des Lataniers. C'est une société champêtre formée d'êtres qui se sont choisis et ont décidé de vivre retirés. Elle fonctionne pauvrement mais de façon autonome. Lovée dans la forêt vierge, elle est coupée du milieu mondain mais non du monde cosmique.

La société européenne attire le malheur

Il est clair dans *Paul et Virginie* que tout le mal vient de la société prétendument civilisée, laquelle est en réalité une société pervertie. Son représentant principal est la tante « dénaturée[1] » de la mère de Virginie. Cette tante est influente, riche et dévote[2]. Depuis Paris, elle manipule comme des marionnettes le gouverneur de l'île (le pouvoir), le prêtre missionnaire (la religion) et une nuée de commerçants avides (l'argent) afin de retirer sa petite-nièce du monde des sauvages. La lettre impérieuse qu'elle envoie provoquera la ruine du monde rousseauiste. Elle y propose un marché à la communauté : si Virginie vient recevoir en France

---

1. P. 104, l. 2027.
2. *Dévote* : qui pratique la religion avec une ostentation un peu hypocrite.

« une bonne éducation », elle fera sa fortune en lui assurant « la donation de tous ses biens »[1]. Autrement dit, elle propose d'arracher Virginie à la nature pour la plonger dans la culture, et madame de la Tour ne résistera pas à la tentation d'un avenir sans souci et laissera transporter « sa fille à demi mourante[2] » à l'autre bout de la terre.

Les fléaux de la société européenne (l'intérêt personnel, les préjugés, le souci des bienséances) parviennent ainsi à séparer ceux qui s'aiment et à mettre un point final à l'entreprise édifiante qu'ils tentaient de réaliser. Sous la pression des méfaits sociaux, le lecteur assiste à la fission de l'utopie. En même temps, il convient de bien mesurer qu'au regard des Européens la tante, en offrant de prendre en charge l'éducation sociale de Virginie, lui permet de passer du monde des passions déréglées à celui des conduites réglées par la raison. C'est d'ailleurs un beau mariage de raison avec « un vieux seigneur de ses amis[3] » qu'elle envisage d'imposer à la jeune femme. Or, au regard de Rousseau, de Bernardin, du vieillard-narrateur et finalement du lecteur, cette socialisation forcée de Virginie est une aberration.

Virginie, image de l'innocence, se retrouve emprisonnée en France dans un couvent où l'on attend d'elle en quelque sorte une nouvelle naissance, une renaissance sociale qui suppose le reniement de sa nature profonde. L'univers carcéral dans lequel elle se trouve confinée avec des doubles d'elle-même qui sont des fantoches (ses femmes de chambre) conduit à un amoindrissement de son être. Elle qui rayonnait se trouve réduite à l'anonymat (« elle m'a fait quitter mon nom[4] »), à n'être qu'une initiale (le V cousu sur le sac de graines) dans un système de signes qu'elle refuse d'apprendre. De façon très habile, Bernardin ne décrit pas

1. P. 65, l. 912-913.
2. P. 76, l. 1241-1242.
3. P. 80, l. 1344-1345.
4. P. 79, l. 1323.

sa vie en France et l'on ne sait d'elle que ce qui se trouve dans la lettre qu'elle adresse à sa mère. Significativement, elle prend soin de ne pas y formuler verbalement son amour pour Paul. Elle a appris à se méfier des paroles et choisit d'exprimer sa fidélité en nature, sous la forme d'un sac de semences.

Parallèlement, Paul bénéficie lui aussi d'une éducation sociale mais beaucoup plus douce, sous la conduite éclairée du vieillard-mentor (cf. le *Télémaque* de Fénelon, cité p. 78). Celui-ci, au cours d'un long dialogue, lui décrit la société européenne sous les traits d'une jungle des vices où règne la loi du plus riche. À défaut d'avoir pu empêcher la société de se rapprocher de Paul, il prend soin de la lui maintenir à distance en la présentant comme un enfer pour la vertu. Le blâme que le vieillard-narrateur jette alors sur la société dominante constitue le contrepoint exact de l'éloge initial de la petite société idéale qui ouvre le roman.

Lorsque Virginie réussira, grâce à sa volonté farouche, de maintenir vifs en elle l'autre et l'ailleurs, à s'évader du carcan étouffant de la réalité sociale, il sera malheureusement trop tard. Elle aura perdu son innocence naturelle. Elle sera devenue malgré elle une actrice de la société. Et sous le regard des représentants des deux sociétés de l'Île de France dorénavant mêlées, elle décidera de s'abstraire de toutes les formes de vie sociale en ne vivant plus que dans la mémoire de ses admirateurs.

Une histoire d'amour ?

Paul et Virginie dépeint la triste dénaturation, par une société européenne viciée, d'un couple d'amoureux innocents et d'une petite société idéale qui s'était édifiée pour eux. Mais si l'histoire d'amour entre Paul et Virginie se révèle être une déception pour tous, c'est peut-être au fond parce que leur amour n'était pas capable de se constituer en histoire. Il faut se souvenir que, dans la première partie du roman, ils vivaient en silence dans une parfaite ignorance, loin des romans sentimentaux. Or, dans la seconde partie, avec l'irruption de la société, les deux jeunes gens vont être contraints d'apprendre à lire les textes littéraires. Paul découvrira avec horreur l'univers contemporain du roman sentimental (« dans quelques-uns des romans qu'il avait lus il voyait la trahison traitée de plaisanterie [1] ») et Virginie, à force de fréquenter des « maîtres de toute espèce [2] », sera amenée à ruser avec les lettres. Mais il est intéressant de souligner que la découverte du romanesque les laisse froids. Ils ne s'engagent pas dans une correspondance amoureuse. Séparés, ils ne correspondent plus. *Paul et Virginie* n'est pas un roman épistolaire. On est loin des plaintes mélancoliques des amants séparés de *La Nouvelle Héloïse* ou de l'analyse décapante des illusions sentimentales déployée dans *Les Liaisons dangereuses* de Laclos, parues en 1782. Leur amour ne reflète pas non plus les romans d'amour à succès faits d'intrigues et de rebondissements (*Manon Lescaut* de Prévost, 1731). Ils découvrent trop tard les modèles littéraires et ils ne parviendront pas à donner forme à leur amour et à le formuler en termes sociaux. Paul et Virginie n'ont pas su faire de leur histoire un roman.

---

1. P. 83, l. 1444-1445.
2. P. 79, l. 1314.

CHRONOLOGIE

1737 1814
1737 1814

- ■ Repères historiques et culturels
- ■ Vie et œuvre de l'auteur

Repères historiques et culturels

Vie et œuvre de l'auteur

1737	Naissance de Jacques-Henri Bernardin de Saint-Pierre au Havre.
1749	Le jeune Jacques-Henri part pour la Martinique à bord d'un navire marchand. Il en revient un an après, très déçu.
1750-1756	Études à Caen, puis au collège des jésuites de Rouen (actuel lycée Corneille).
1757	Bernardin entre à l'École des ponts et chaussées pour devenir ingénieur civil.
1758	L'École est supprimée.
1759	Bernardin fait des démarches pour obtenir un diplôme d'ingénieur militaire. Il l'obtient, semble-t-il, à la suite d'une erreur de l'administration.
1760	Il participe à la guerre de Sept Ans, fait la campagne de Hesse, mais il est rapidement suspendu de ses fonctions et renvoyé en France à cause de son indiscipline.
1761	Deuxième chance de se distinguer : il obtient un poste à Malte, qui est menacée d'un siège. Nouvel échec : il est renvoyé en France.
1762	Il passe l'année à Paris, vivant pauvrement de leçons de mathématiques.

Repères historiques et culturels

1763   Fin de la guerre de Sept Ans (traité de Paris).

1766   Départ du voyage d'exploration de Bougainville qui se terminera en 1769.

1772   Diderot, *Supplément au Voyage de Bougainville* qui développe l'utopie d'une société tahitienne idéale.

1773   Apogée des salons de Mlle de Lespinasse et de Mme Necker.

1774   Mort de Louis XV. Louis XVI devient roi de France.
Goethe, *Les Souffrances du jeune Werther*.

1776   Necker devient ministre.

Vie et œuvre de l'auteur

1763-
1765
Bernardin emprunte de l'argent à des amis et se lance
à la conquête de l'Europe : il va d'abord à Amsterdam
où il arrive à trouver du travail comme journaliste.
De là, il part pour la Russie et réussit à devenir sous-lieutenant
du Génie. Il est même présenté à la tsarine Catherine II.
Il souhaiterait qu'elle lui concède un territoire vers la mer
Caspienne pour y fonder une république idéale. Désillusions,
échecs. Un an après, on le retrouve en Pologne, à Varsovie,
où il tombe amoureux d'une certaine princesse Miecznik
qui est un agent secret. Lui-même entre plus ou moins au service
du Secret. En 1765, il est en Autriche, puis à Varsovie, Dresde,
Berlin. Mais ces déplacements sur l'échiquier politique européen
tournent court.

1766
Retour à Paris ou il vit de nouveau pauvrement.

1767-
1770
Bernardin se voit proposer une mission vers l'Île de France
comme capitaine ingénieur surnuméraire. Sur place, il échoue
à faire appliquer ses idées utopistes et se brouille avec tout
le monde, en particulier avec l'intendant de l'île, M. Poivre.
Déception et retour en France.

1771-
1772
Vit pauvrement à Paris. Il travaille sur les nombreuses notes
qu'il a prises durant son séjour à l'Île de France. Il fréquente
le salon de Mlle de Lespinasse, où l'on rencontre l'élite
philosophique de son temps. En juin 1772, il se lie d'amitié
avec Rousseau.

1773
Publication du *Voyage à l'Île de France*, échec financier. Procès
avec l'éditeur.

1776-
1783
Années de misère. Bernardin travaille constamment à un grand
ouvrage sur la nature et, en parallèle, à *Paul et Virginie*. Il consacre
ses loisirs à se promener et à dialoguer avec Rousseau
sur la Providence. La mort de celui-ci, en juillet 1778, l'affecte
profondément. Il s'endette pour faire imprimer son livre.

Repères historiques et culturels

1778 Mort de Voltaire et mort de Rousseau.

1783 Laclos, *Les Liaisons dangereuses*.

1784 Première, à Paris, du *Mariage de Figaro* de Beaumarchais. Mort de Diderot.

1787 Mozart, *Les Noces de Figaro* et *Dom Juan*.

1788 Assemblée des états généraux.

1789 Révolution française.

1793 Louis XVI est guillotiné.

1795 Directoire.

Vie et œuvre de l'auteur

1784 Publication des trois premiers volumes des *Études de la nature*, dont Bernardin a retranché l'histoire de *Paul et Virginie*. Il l'avait lue devant quelques beaux esprits du salon de Mme Necker ; on n'avait pas du tout aimé. Terrible déception. Selon certaines sources, Bernardin aurait même voulu brûler le manuscrit original.

1785-1787 Succès des *Études de la nature* où se révèle un exotisme pittoresque, différent de l'exotisme critique qui servait de masque aux Philosophes. La situation financière de Bernardin va en s'améliorant. Il fait tirer une deuxième édition.

1788 Troisième édition des *Études de la nature* à laquelle Bernardin ajoute *Paul et Virginie*. Succès populaire immédiat.

1789 Bernardin se rallie immédiatement à la Révolution. Première édition séparée de *Paul et Virginie*.

1790-1792 Politiquement, il se maintient dans le juste milieu. Il est élu à la Convention. Publication de *La Chaumière indienne*. Il est nommé intendant du Jardin des plantes, à Paris.

1793 À cinquante-six ans, Bernardin épouse une jeune femme de vingt ans, Félicité Didot.

1794 Naissance de sa fille, Virginie. Bernardin est nommé professeur de morale à l'École normale supérieure.

1795-1797 Il est nommé membre de l'Institut.

1798 Naissance de son fils, Paul.

Repères historiques et culturels

1799	Coup d'État du 18 brumaire.
1801	Chateaubriand, *Atala*.
1804	Début du Premier Empire.
1814	Fin du Premier Empire. Début de la Restauration. L'Île de France est cédée à l'Angleterre et devient l'île Maurice.

Vie et œuvre de l'auteur

**1799-
1813**
Bernardin se rallie à Bonaparte puis à Napoléon. Il reçoit de multiples pensions. Il est élu à l'Académie française. Il vit tranquillement tantôt à Paris, tantôt retiré dans un ermitage situé à Éragny, sur les bords de l'Oise. Il essaie de se faire élire sénateur. Il travaille à un dernier ouvrage, *Les Harmonies de la nature*, où il tente d'établir l'idée qu'un paysage éveille spontanément chez celui qui le contemple un état d'âme.

1814
Mort de Bernardin de Saint-Pierre.

NOTE SUR L'ÉTABLISSEMENT DU TEXTE

La présente édition de *Paul et Virginie* est une édition par extraits. Le texte a été établi d'après l'édition de R. Mauzy (GF-Flammarion, 1966).

Les passages supprimés sont pour l'essentiel des passages descriptifs ainsi que certains développements didactiques (notamment dans le long dialogue entre Paul et le vieillard).

Paul et Virginie

intro : année publication : 1788

    courrant : siècle des lumières, roman hybride
    compare le discours et la fiction philosophique

Bernadin : ~~écrivain~~ Depuis le début de sa
carrière il rêve d'un monde et d'une société
parfaite et il le transmet dans ses œuvres.
Philosophs des lumières repoussent l'ignorence
pense comme eux, car dans Paul et Virginie :
Vérité, le bonheur.

Sur le côté oriental [1] de la montagne qui s'élève derrière le Port-Louis de l'Île-de-France [2], on voit, dans un terrain jadis cultivé, les ruines de deux petites cabanes. Elles sont situées presque au milieu d'un bassin [3] formé par de grands rochers, qui n'a qu'une seule
5 ouverture tournée au nord. [...]

J'aimais à me rendre dans ce lieu où l'on jouit à la fois d'une vue immense et d'une solitude profonde. Un jour que j'étais assis au pied de ces cabanes, et que j'en considérais les ruines, un homme déjà sur l'âge vint à passer aux environs. Il était, suivant
10 la coutume des anciens habitants, en petite veste et en long caleçon. Il marchait nu-pieds, et s'appuyait sur un bâton de bois d'ébène. Ses cheveux étaient tout blancs, et sa physionomie [4] noble et simple. Je le saluai avec respect. Il me rendit mon salut, et m'ayant considéré un moment, il s'approcha de moi, et vint se
15 reposer sur le tertre où j'étais assis. Excité [5] par cette marque de confiance, je lui adressai la parole : «Mon père, lui dis-je, pourriez-vous m'apprendre à qui ont appartenu ces deux cabanes ? »

---

1. *Oriental* : est.

2. *Île-de-France* : ancien nom de l'île Maurice, qui fut possession française jusqu'en 1814.

3. *Bassin* : cuvette naturelle.

4. *Sa physionomie* : l'aspect de son visage.

5. *Excité* : encouragé.

Il me répondit : « Mon fils, ces masures[1] et ce terrain inculte[2] étaient habités, il y a environ vingt ans, par deux familles qui y
20 avaient trouvé le bonheur. Leur histoire est touchante : mais dans cette île, située sur la route des Indes, quel Européen peut s'intéresser au sort de quelques particuliers obscurs ? qui voudrait même y vivre heureux, mais pauvre et ignoré ? Les hommes ne veulent connaître que l'histoire des grands et des rois, qui ne sert
25 à personne. – Mon père, repris-je, il est aisé de juger à votre air et à votre discours que vous avez acquis une grande expérience. « Si vous en avez le temps, racontez-moi, je vous prie, ce que vous savez des anciens habitants de ce désert[3], et croyez que l'homme même le plus dépravé[4] par les préjugés[5] du monde aime à
30 entendre parler du bonheur que donnent la nature et la vertu[6]. » Alors, comme quelqu'un qui cherche à se rappeler diverses circonstances, après avoir appuyé quelque temps ses mains sur son front, voici ce que ce vieillard me raconta.

En 1726 un jeune homme de Normandie, appelé M. de la
35 Tour, après avoir sollicité en vain du service en France et des secours dans sa famille, se détermina à venir dans cette île pour y chercher fortune. Il avait avec lui une jeune femme qu'il aimait beaucoup et dont il était également aimé. Elle était d'une ancienne et riche maison de sa province ; mais il l'avait épousée en secret et
40 sans dot[7], parce que les parents de sa femme s'étaient opposés à son mariage, attendu qu'il n'était pas gentilhomme[8]. Il la laissa au Port-Louis de cette île, et il s'embarqua pour Madagascar dans l'espérance d'y acheter quelques noirs, et de revenir promptement

---

1. Masures : bâtiments en ruine.
2. Inculte : sur lequel rien ne pousse.
3. Désert : lieu à l'écart.
4. Dépravé : perverti.
5. Préjugés : idées toutes faites.
6. Vertu : droiture morale.
7. Dot : biens qu'une femme apporte en présent à son époux au moment du mariage.
8. Gentilhomme : noble.

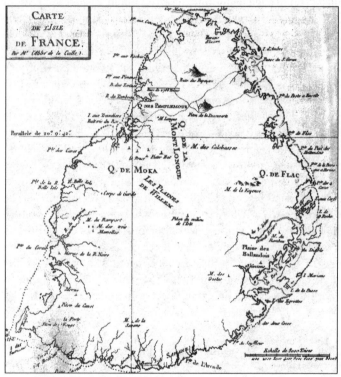

■ Carte de l'île Maurice (« Isle de France ») au XVIIIe siècle.

ici former une habitation[1]. Il débarqua à Madagascar vers la
45 mauvaise saison qui commence à la mi-octobre ; et peu de temps
après son arrivée il y mourut des fièvres pestilentielles[2] qui y
règnent pendant six mois de l'année, et qui empêcheront toujours
les nations européennes d'y faire des établissements fixes. Les
effets[3] qu'il avait emportés avec lui furent dispersés après sa
50 mort, comme il arrive ordinairement à ceux qui meurent hors de
leur patrie. Sa femme, restée à l'Île-de-France, se trouva veuve,
enceinte, et n'ayant pour tout bien au monde qu'une négresse[4],
dans un pays où elle n'avait ni crédit[5] ni recommandation. Ne
voulant rien solliciter auprès d'aucun homme après la mort de
55 celui qu'elle avait uniquement aimé, son malheur lui donna du
courage. Elle résolut de cultiver avec son esclave un petit coin de
terre, afin de se procurer de quoi vivre.

Dans une île presque déserte dont le terrain était à discrétion[6]
elle ne choisit point les cantons[7] les plus fertiles ni les plus favo-
60 rables au commerce ; mais cherchant quelque gorge de montagne,
quelque asile[8] caché où elle pût vivre seule et inconnue, elle
s'achemina de la ville vers ces rochers pour s'y retirer comme
dans un nid. C'est un instinct commun à tous les êtres sensibles
et souffrants de se réfugier dans les lieux les plus sauvages et les
65 plus déserts ; comme si des rochers étaient des remparts contre
l'infortune[9], et comme si le calme de la nature pouvait apaiser les
troubles malheureux de l'âme. Mais la Providence[10], qui vient à
notre secours lorsque nous ne voulons que les biens nécessaires,

---

1. *Habitation* : exploitation agricole.
2. *Pestilentielles* : qui donnent la peste.
3. *Effets* : objets.
4. *Négresse* : au XVIIIe siècle, le terme n'est pas péjoratif.
5. *Crédit* : considération, influence, moyens.
6. *À discrétion* : donné à volonté.
7. *Cantons* : lieux, territoires.
8. *Asile* : refuge.
9. *Infortune* : malheur.
10. *Providence* : gouvernement de Dieu sur les hommes et la nature.

en réservait un à madame de la Tour que ne donnent ni les
70 richesses ni la grandeur ; c'était une amie.

Dans ce lieu depuis un an demeurait une femme vive, bonne
et sensible[1] ; elle s'appelait Marguerite. Elle était née en Bretagne
d'une simple famille de paysans, dont elle était chérie, et qui
l'aurait rendue heureuse, si elle n'avait eu la faiblesse d'ajouter
75 foi à l'amour d'un gentilhomme de son voisinage qui lui avait
promis de l'épouser ; mais celui-ci ayant satisfait sa passion s'éloigna d'elle, et refusa même de lui assurer une subsistance pour un
enfant dont il l'avait laissée enceinte. Elle s'était déterminée alors
à quitter pour toujours le village où elle était née, et à aller cacher
80 sa faute aux colonies, loin de son pays, où elle avait perdu la
seule dot d'une fille pauvre et honnête, la réputation. Un vieux
noir, qu'elle avait acquis de quelques deniers[2] empruntés, cultivait avec elle un petit coin de ce canton.

Madame de la Tour, suivie de sa négresse, trouva dans ce lieu
85 Marguerite qui allaitait son enfant.

Elle fut charmée de rencontrer une femme dans une position qu'elle jugea semblable à la sienne. Elle lui parla en peu
de mots de sa condition[3] passée et de ses besoins présents.
Marguerite au récit de madame de la Tour fut émue de pitié ; et,
90 voulant mériter sa confiance plutôt que son estime, elle lui
avoua sans lui rien déguiser l'imprudence dont elle s'était rendue
coupable. « Pour moi, dit-elle, j'ai mérité mon sort ; mais vous,
madame, vous, sage et malheureuse ! » Et elle lui offrit en pleurant sa cabane et son amitié. Madame de la Tour, touchée d'un
95 accueil si tendre, lui dit en la serrant dans ses bras : « Ah ! Dieu
veut finir mes peines, puisqu'il vous inspire plus de bonté envers
moi qui vous suis étrangère, que jamais je n'en ai trouvé dans
mes parents. »

---

1. *Sensible* : intelligente.
2. *Deniers* : pièces de monnaie de peu de valeur.
3. *Condition* : situation sociale.

© BNF

■ *Négresse esclave.*
Gravure de Moreau le Jeune (1773) pour *Voyage à l'Isle de France.*

Je connaissais Marguerite, et quoique je demeure à une lieue [1] et demie d'ici, dans les bois, derrière la Montagne-Longue, je me regardais comme son voisin. Dans les villes d'Europe une rue, un simple mur, empêchent les membres d'une même famille de se réunir pendant des années entières ; mais dans les colonies nouvelles on considère comme ses voisins ceux dont on n'est séparé que par des bois et par des montagnes. Dans ce temps-là surtout, où cette île faisait peu de commerce aux Indes, le simple voisinage y était un titre d'amitié, et l'hospitalité envers les étrangers un devoir et un plaisir. Lorsque j'appris que ma voisine avait une compagne, je fus la voir pour tâcher d'être utile à l'une et à l'autre. Je trouvai dans madame de la Tour une personne d'une figure intéressante, pleine de noblesse et de mélancolie. Elle était alors sur le point d'accoucher. Je dis à ces deux dames qu'il convenait pour l'intérêt de leurs enfants, et surtout pour empêcher l'établissement de quelque autre habitant, de partager entre elles le fond de ce bassin, qui contient environ vingt arpents [2]. Elles s'en rapportèrent à moi pour ce partage. J'en formai deux portions à peu près égales ; l'une renfermait la partie supérieure de cette enceinte, depuis ce piton [3] de rocher couvert de nuages, d'où sort la source de la rivière des Lataniers [4], jusqu'à cette ouverture escarpée que vous voyez au haut de la montagne, et qu'on appelle l'Embrasure, parce qu'elle ressemble en effet à une embrasure [5] de canon. Le fond de ce sol est si rempli de roches et de ravins qu'à peine on y peut marcher ; cependant il produit de grands arbres, et il est rempli de fontaines et de petits ruisseaux. Dans l'autre portion je compris toute la partie inférieure qui s'étend le long de la rivière des Lataniers jusqu'à l'ouverture où nous sommes, d'où cette rivière commence à couler entre deux collines jusqu'à la mer. Vous

---

1. *Lieue* : ancienne mesure de longueur équivalant environ à 4 kilomètres.
2. *Arpents* : anciennes unités de mesure agraire.
3. *Piton* : pointe la plus élevée d'une montagne.
4. *Lataniers* : variété de palmier.
5. *Embrasure* : ouverture.

y voyez quelques lisières de prairies, et un terrain assez uni, mais qui n'est guère meilleur que l'autre ; car dans la saison des pluies il
130 est marécageux, et dans les sécheresses il est dur comme du plomb ; quand on y veut alors ouvrir une tranchée, on est obligé de le couper avec des haches. Après avoir fait ces deux partages j'engageai ces deux dames à les tirer au sort. La partie supérieure échut à madame de la Tour, et l'inférieure à Marguerite. L'une et l'autre
135 furent contentes de leur lot ; mais elles me prièrent de ne pas séparer leur demeure, «afin, me dirent-elles, que nous puissions toujours nous voir, nous parler et nous entraider». Il fallait cependant à chacune d'elles une retraite[1] particulière. La case de Marguerite se trouvait au milieu du bassin précisément sur les limites de son
140 terrain. Je bâtis tout auprès, sur celui de madame de la Tour, une autre case, en sorte que ces deux amies étaient à la fois dans le voisinage l'une de l'autre et sur la propriété de leurs familles. Moimême j'ai coupé des palissades dans la montagne ; j'ai apporté des feuilles de latanier des bords de la mer pour construire ces deux
145 cabanes, où vous ne voyez plus maintenant ni porte ni couverture. Hélas ! il n'en reste encore que trop pour mon souvenir ! Le temps, qui détruit si rapidement les monuments des empires, semble respecter dans ces déserts ceux de l'amitié, pour perpétuer mes regrets jusqu'à la fin de ma vie.
150 À peine la seconde de ces cabanes était achevée que madame de la Tour accoucha d'une fille. J'avais été le parrain de l'enfant de Marguerite, qui s'appelait Paul. Madame de la Tour me pria aussi de nommer sa fille conjointement avec son amie. Celle-ci lui donna le nom de Virginie. «Elle sera vertueuse, dit-elle, et elle sera
155 heureuse. Je n'ai connu le malheur qu'en m'écartant de la vertu.»
Lorsque madame de la Tour fut relevée de ses couches[2], ces deux petites habitations commencèrent à être de quelque rapport[3], à l'aide des soins que j'y donnais de temps en temps, mais

---

1. *Retraite* : abri.
2. *Couches* : accouchement.
3. *De quelque rapport* : qui rapportent un peu d'argent.

surtout par les travaux assidus de leurs esclaves. Celui de
160 Marguerite, appelé Domingue, était un noir yolof, encore robuste,
quoique déjà sur l'âge. Il avait de l'expérience et un bon sens
naturel. Il cultivait indifféremment sur les deux habitations les
terrains qui lui semblaient les plus fertiles, et il y mettait les
semences qui leur convenaient le mieux. Il semait du petit mil[1] et
165 du maïs dans les endroits médiocres, un peu de froment dans les
bonnes terres, du riz dans les fonds marécageux ; et au pied des
roches, des giraumons[2], des courges et des concombres, qui se
plaisent à y grimper. Il plantait dans les lieux secs des patates qui
y viennent très sucrées, des cotonniers sur les hauteurs, des
170 cannes à sucre dans les terres fortes, des pieds de café sur les
collines, où le grain est petit, mais excellent ; le long de la rivière
et autour des cases, des bananiers qui donnent toute l'année de
longs régimes de fruits avec un bel ombrage, et enfin quelques
plantes de tabac pour charmer ses soucis et ceux de ses bonnes
175 maîtresses. Il allait couper du bois à brûler dans la montagne, et
casser des roches çà et là dans les habitations pour en aplanir les
chemins. Il faisait tous ces ouvrages avec intelligence et activité,
parce qu'il les faisait avec zèle. Il était fort attaché à Marguerite ; et
il ne l'était guère moins à madame de la Tour, dont il avait épousé
180 la négresse à la naissance de Virginie. Il aimait passionnément sa
femme, qui s'appelait Marie. Elle était née à Madagascar, d'où elle
avait apporté quelque industrie[3], surtout celle de faire des paniers
et des étoffes appelées pagnes, avec des herbes qui croissent dans
les bois. Elle était adroite, propre, et très fidèle. Elle avait soin de
185 préparer à manger, d'élever quelques poules, et d'aller de temps
en temps vendre au Port-Louis le superflu de ces deux habitations,
qui était bien peu considérable. Si vous y joignez deux chèvres
élevées près des enfants, et un gros chien qui veillait la nuit au-

---

1. *Mil* : variété de céréale.
2. *Giraumons* : variété de courge.
3. *Industrie* : savoir-faire.

dehors, vous aurez une idée de tout le revenu et de tout le domes-
190 tique de ces deux petites métairies [1].

Pour ces deux amies, elles filaient du matin au soir du coton.
Ce travail suffisait à leur entretien et à celui de leurs familles [...]

Les devoirs de la nature ajoutaient encore au bonheur de leur
société. Leur amitié mutuelle redoublait à la vue de leurs enfants,
195 fruits d'un amour également infortuné. Elles prenaient plaisir à
les mettre ensemble dans le même bain, et à les coucher dans le
même berceau. Souvent elles les changeaient de lait. «Mon amie,
disait madame de la Tour, chacune de nous aura deux enfants, et
chacun de nos enfants aura deux mères.» Comme deux bour-
200 geons qui restent sur deux arbres de la même espèce, dont la
tempête a brisé toutes les branches, viennent à produire des fruits
plus doux, si chacun d'eux, détaché du tronc maternel, est greffé
sur le tronc voisin ; ainsi ces deux petits enfants, privés de tous
leurs parents, se remplissaient de sentiments plus tendres que
205 ceux de fils et de fille, de frère et de sœur, quand ils venaient à
être changés de mamelles par les deux amies qui leur avaient
donné le jour. Déjà leurs mères parlaient de leur mariage sur
leurs berceaux, et cette perspective de félicité [2] conjugale, dont
elles charmaient leurs propres peines, finissait bien souvent par
210 les faire pleurer ; l'une se rappelant que ses maux étaient venus
d'avoir négligé l'hymen [3], et l'autre d'en avoir subi les lois ; l'une,
de s'être élevée au-dessus de sa condition, et l'autre d'en être
descendue : mais elles se consolaient en pensant qu'un jour leurs
enfants, plus heureux, jouiraient à la fois, loin des cruels préjugés
215 de l'Europe, des plaisirs de l'amour et du bonheur de l'égalité.

Rien en effet n'était comparable à l'attachement qu'ils se
témoignaient déjà. Si Paul venait à se plaindre, on lui montrait
Virginie ; à sa vue il souriait et s'apaisait. Si Virginie souffrait, on
en était averti par les cris de Paul ; mais cette aimable fille

---

1. *Métairies* : fermes.
2. *Félicité* : bonheur.
3. *Hymen* : mariage.

220 dissimulait aussitôt son mal pour qu'il ne souffrît pas de sa douleur. Je n'arrivais point de fois ici que je ne les visse tous deux
tout nus, suivant la coutume du pays, pouvant à peine marcher,
se tenant ensemble par les mains et sous les bras, comme on
représente la constellation des gémeaux[1]. La nuit même ne pou-
225 vait les séparer ; elle les surprenait souvent couchés dans le même
berceau, joue contre joue, poitrine contre poitrine, les mains
passées mutuellement autour de leurs cous, et endormis dans les
bras l'un de l'autre.

Lorsqu'ils surent parler, les premiers noms qu'ils apprirent à se
230 donner furent ceux de frère et de sœur. L'enfance, qui connaît des
caresses[2] plus tendres, ne connaît point de plus doux noms. Leur
éducation ne fit que redoubler leur amitié en la dirigeant vers leurs
besoins réciproques. Bientôt tout ce qui regarde l'économie[3], la
propreté, le soin de préparer un repas champêtre, fut du ressort de
235 Virginie, et ses travaux étaient toujours suivis des louanges et des
baisers de son frère. Pour lui, sans cesse en action, il bêchait le
jardin avec Domingue, ou, une petite hache à la main, il le suivait
dans les bois ; et si dans ces courses une belle fleur, un bon fruit,
ou un nid d'oiseaux se présentaient à lui, eussent-ils été au haut
240 d'un arbre, il l'escaladait pour les apporter à sa sœur.

Quand on en rencontrait un quelque part on était sûr que
l'autre n'était pas loin. Un jour que je descendais du sommet de
cette montagne, j'aperçus à l'extrémité du jardin Virginie qui
accourait vers la maison, la tête couverte de son jupon qu'elle
245 avait relevé par-derrière, pour se mettre à l'abri d'une ondée de
pluie. De loin je la crus seule ; et m'étant avancé vers elle pour
l'aider à marcher, je vis qu'elle tenait Paul par le bras, enveloppé
presque en entier de la même couverture, riant l'un et l'autre
d'être ensemble à l'abri sous un parapluie de leur invention. Ces

---

1. *La constellation des gémeaux* : les deux étoiles Castor et Pollux.
2. *Caresses* : marques d'affection.
3. *L'économie* : l'organisation.

■ Illustration de Moreau le Jeune pour *Paul et Virginie*.

250 deux têtes charmantes renfermées sous ce jupon bouffant me
rappelèrent les enfants de Léda[1] enclos dans la même coquille.

Toute leur étude[2] était de se complaire et de s'entraider. Au
reste ils étaient ignorants comme des Créoles[3], et ne savaient ni
lire ni écrire. Ils ne s'inquiétaient pas de ce qui s'était passé dans
255 des temps reculés et loin d'eux ; leur curiosité ne s'étendait pas au-
delà de cette montagne. Ils croyaient que le monde finissait où
finissait leur île ; et ils n'imaginaient rien d'aimable où ils n'étaient
pas. Leur affection mutuelle et celle de leurs mères occupaient
toute l'activité de leurs âmes. Jamais des sciences inutiles n'avaient
260 fait couler leurs larmes ; jamais les leçons d'une triste morale ne les
avaient remplis d'ennui. Ils ne savaient pas qu'il ne faut pas dérober, tout chez eux étant commun ; ni être intempérant[4], ayant à
discrétion des mets simples ; ni menteur, n'ayant aucune vérité à
dissimuler. On ne les avait jamais effrayés en leur disant que Dieu
265 réserve des punitions terribles aux enfants ingrats ; chez eux l'amitié filiale était née de l'amitié maternelle. On ne leur avait appris
de la religion que ce qui la fait aimer ; et s'ils n'offraient pas à
l'église de longues prières, partout où ils étaient, dans la maison,
dans les champs, dans les bois, ils levaient vers le ciel des mains
270 innocentes et un cœur plein de l'amour de leurs parents.

Ainsi se passa leur première enfance comme une belle aube qui
annonce un plus beau jour. Déjà ils partageaient avec leurs mères
tous les soins du ménage. Dès que le chant du coq annonçait le
retour de l'aurore, Virginie se levait, allait puiser de l'eau à la
275 source voisine, et rentrait dans la maison pour préparer le déjeuner. Bientôt après, quand le soleil dorait les pitons de cette
enceinte, Marguerite et son fils se rendaient chez madame de la
Tour : alors ils commençaient tous ensemble une prière suivie du
premier repas ; souvent ils le prenaient devant la porte, assis sur

---

1. *Léda* : personnage de la mythologie grecque, mère de Castor et Pollux.
2. *Étude* : apprentissage.
3. *Créoles* : habitants des colonies tropicales.
4. *Intempérant* : qui commet des excès.

280 l'herbe sous un berceau de bananiers, qui leur fournissait à la fois
des mets tout préparés dans leurs fruits substantiels, et du linge de
table dans leurs feuilles larges, longues, et lustrées [1]. Une nourriture saine et abondante développait rapidement les corps de ces
deux jeunes gens, et une éducation douce peignait dans leur phy-
285 sionomie la pureté et le contentement de leur âme. Virginie n'avait
que douze ans ; déjà sa taille était plus qu'à demi formée ; de
grands cheveux blonds ombrageaient sa tête ; ses yeux bleus et ses
lèvres de corail brillaient du plus tendre éclat sur la fraîcheur de
son visage : ils souriaient toujours de concert [2] quand elle parlait ;
290 mais quand elle gardait le silence, leur obliquité naturelle vers le
ciel leur donnait une expression d'une sensibilité extrême, et
même celle d'une légère mélancolie. Pour Paul, on voyait déjà se
développer en lui le caractère d'un homme au milieu des grâces de
l'adolescence. Sa taille était plus élevée que celle de Virginie, son
295 teint plus rembruni, son nez plus aquilin, et ses yeux, qui étaient
noirs, auraient eu un peu de fierté, si les longs cils qui rayonnaient
autour comme des pinceaux ne leur avaient donné la plus grande
douceur. Quoiqu'il fût toujours en mouvement, dès que sa sœur
paraissait il devenait tranquille et allait s'asseoir auprès d'elle.
300 Souvent leur repas se passait sans qu'ils se dissent un mot. À leur
silence, à la naïveté [3] de leurs attitudes, à la beauté de leurs pieds
nus, on eût cru voir un groupe antique de marbre blanc représentant quelques-uns des enfants de Niobé [4] ; mais à leurs regards qui
cherchaient à se rencontrer, à leurs sourires rendus par de plus
305 doux sourires, on les eût pris pour ces enfants du ciel, pour ces
esprits bienheureux dont la nature est de s'aimer, et qui n'ont pas
besoin de rendre le sentiment par des pensées, et l'amitié par des
paroles.

---

1. *Lustrées* : luisantes.
2. *De concert* : en s'accordant avec son expression.
3. *Naïveté* : simplicité naturelle.
4. *Niobé* : personnage mythologique, mère de douze enfants.

Cependant madame de la Tour, voyant sa fille se développer
310 avec tant de charmes, sentait augmenter son inquiétude avec sa
tendresse. Elle me disait quelquefois : « Si je venais à mourir, que
deviendrait Virginie sans fortune ? »

Elle avait en France une tante, fille de qualité, riche, vieille et
dévote[1], qui lui avait refusé si durement des secours lorsqu'elle se
315 fut mariée à M. de la Tour, qu'elle s'était bien promis de n'avoir
jamais recours à elle à quelque extrémité qu'elle fût réduite. Mais
devenue mère, elle ne craignit plus la honte des refus. Elle manda[2]
à sa tante la mort inattendue de son mari, la naissance de sa fille,
et l'embarras où elle se trouvait, loin de son pays, dénuée de
320 support, et chargée d'un enfant. Elle n'en reçut point de réponse.
Elle qui était d'un caractère élevé, ne craignit plus de s'humilier, et
de s'exposer aux reproches de sa parente, qui ne lui avait jamais
pardonné d'avoir épousé un homme sans naissance[3], quoique
vertueux. Elle lui écrivait donc par toutes les occasions afin d'exci-
325 ter sa sensibilité en faveur de Virginie. Mais bien des années
s'étaient écoulées sans recevoir d'elle aucune marque de souvenir.

Enfin en 1738, trois ans après l'arrivée de M. de la Bourdonnais dans cette île, madame de la Tour apprit que ce gouverneur avait à lui remettre une lettre de la part de sa tante. Elle
330 accourut au Port-Louis sans se soucier cette fois d'y paraître mal
vêtue, la joie maternelle la mettant au-dessus du respect humain.
M. de la Bourdonnais lui donna en effet une lettre de sa tante.
Celle-ci mandait à sa nièce qu'elle avait mérité son sort pour avoir
épousé un aventurier, un libertin[4] ; que les passions portaient
335 avec elles leur punition ; que la mort prématurée de son mari
était un juste châtiment de Dieu ; qu'elle avait bien fait de passer
aux îles plutôt que de déshonorer sa famille en France ; qu'elle
était après tout dans un bon pays où tout le monde faisait

---

1. Dévote : qui pratique la religion de manière excessive.
2. Manda : fit savoir par lettre.
3. Sans naissance : sans noblesse.
4. Libertin : homme ne vivant pas selon les préceptes chrétiens.

fortune, excepté les paresseux. Après l'avoir ainsi blâmée elle
340 finissait par se louer elle-même : pour éviter, disait-elle, les suites
souvent funestes du mariage, elle avait toujours refusé de se
marier. La vérité est qu'étant ambitieuse, elle n'avait voulu épouser qu'un homme de grande qualité[1] ; mais quoiqu'elle fût très
riche, et qu'à la cour on soit indifférent à tout excepté à la for-
345 tune, il ne s'était trouvé personne qui eût voulu s'allier à une fille
aussi laide, et à un cœur aussi dur.

Elle ajoutait par post-scriptum que, toute réflexion faite, elle
l'avait fortement recommandée à M. de la Bourdonnais. Elle
l'avait en effet recommandée, mais suivant un usage bien commun
350 aujourd'hui, qui rend un protecteur plus à craindre qu'un ennemi
déclaré : afin de justifier auprès du gouverneur sa dureté pour sa
nièce, en feignant de la plaindre, elle l'avait calomniée[2].

Madame de la Tour, que tout homme indifférent n'eût pu
voir sans intérêt et sans respect, fut reçue avec beaucoup de
355 froideur par M. de la Bourdonnais, prévenu contre elle. Il ne
répondit à l'exposé qu'elle lui fit de sa situation et de celle de sa
fille que par de durs monosyllabes : « Je verrai… nous verrons…
avec le temps… il y a bien des malheureux… Pourquoi indispo-
ser une tante respectable ?… C'est vous qui avez tort. »

360 Madame de la Tour retourna à l'habitation, le cœur navré de
douleur et plein d'amertume. En arrivant elle s'assit, jeta sur la
table la lettre de sa tante, et dit à son amie : « Voilà le fruit de onze
ans de patience ! » Mais comme il n'y avait que madame de la Tour
qui sût lire dans la société, elle reprit la lettre et en fit la lecture
365 devant toute la famille rassemblée. À peine était-elle achevée que
Marguerite lui dit avec vivacité : « Qu'avons-nous besoin de tes
parents ? Dieu nous a-t-il abandonnées ? c'est lui seul qui est
notre père. N'avons-nous pas vécu heureuses jusqu'à ce jour ?
Pourquoi donc te chagriner ? Tu n'as point de courage. » Et voyant

---

1. *Grande qualité* : haute noblesse.
2. *Calomniée* : insultée.

370 madame de la Tour pleurer, elle se jeta à son cou, et la serrant
dans ses bras : «Chère amie, s'écria-t-elle, chère amie ! » mais ses
propres sanglots étouffèrent sa voix. À ce spectacle Virginie, fon-
dant en larmes, pressait alternativement les mains de sa mère et
celles de Marguerite contre sa bouche et contre son cœur ; et Paul,
375 les yeux enflammés de colère, criait, serrait les poings, frappait du
pied, ne sachant à qui s'en prendre. À ce bruit Domingue et Marie
accoururent, et l'on n'entendit plus dans la case que ces cris de
douleur : «Ah, madame !... ma bonne maîtresse !... ma mère !...
ne pleurez pas.» De si tendres marques d'amitié dissipèrent le
380 chagrin de madame de la Tour. Elle prit Paul et Virginie dans ses
bras, et leur dit d'un air content : «Mes enfants, vous êtes cause de
ma peine ; mais vous faites toute ma joie. Oh ! mes chers enfants,
le malheur ne m'est venu que de loin ; le bonheur est autour de
moi.» Paul et Virginie ne la comprirent pas, mais quand ils la
385 virent tranquille ils sourirent, et se mirent à la caresser. Ainsi ils
continuèrent tous d'être heureux, et ce ne fut qu'un orage au
milieu d'une belle saison.

Le bon naturel de ces enfants se développait de jour en jour.
Un dimanche, au lever de l'aurore, leurs mères étant allées à la
390 première messe à l'église des Pamplemousses, une négresse
marronne [1] se présenta sous les bananiers qui entouraient leur
habitation. Elle était décharnée comme un squelette, et n'avait
pour vêtement qu'un lambeau de serpillière [2] autour des reins.
Elle se jeta aux pieds de Virginie, qui préparait le déjeuner de la
395 famille, et lui dit : «Ma jeune demoiselle, ayez pitié d'une pauvre
esclave fugitive ; il y a un mois que j'erre dans ces montagnes demi-
morte de faim, souvent poursuivie par des chasseurs et par leurs
chiens. Je fuis mon maître, qui est un riche habitant de la Rivière-
noire : il m'a traitée comme vous le voyez» ; en même temps elle lui
400 montra son corps sillonné de cicatrices profondes par les coups de

---

1. Marronne : en fuite.
2. Serpillière : tissu grossier.

fouet qu'elle en avait reçus. Elle ajouta : « Je voulais aller me noyer ; mais sachant que vous demeuriez ici, j'ai dit : Puisqu'il y a encore de bons blancs dans ce pays il ne faut pas encore mourir. » Virginie, tout émue, lui répondit : « Rassurez-vous, infortunée créa-
405 ture ! Mangez, mangez » ; et elle lui donna le déjeuner de la maison, qu'elle avait apprêté [1]. L'esclave en peu de moments le dévora tout entier. Virginie la voyant rassasiée lui dit : « Pauvre misérable ! j'ai envie d'aller demander votre grâce à votre maître ; en vous voyant il sera touché de pitié. Voulez-vous me conduire chez lui ? – Ange
410 de Dieu, repartit la négresse, je vous suivrai partout où vous voudrez. » Virginie appela son frère, et le pria de l'accompagner. L'esclave marronne les conduisit par des sentiers, au milieu des bois, à travers de hautes montagnes qu'ils grimpèrent avec bien de la peine, et de larges rivières qu'ils passèrent à gué [2]. Enfin, vers
415 le milieu du jour, ils arrivèrent au bas d'un morne [3] sur les bords de la Rivière-noire. Ils aperçurent là une maison bien bâtie, des plantations considérables, et un grand nombre d'esclaves occupés à toutes sortes de travaux. Leur maître se promenait au milieu d'eux, une pipe à la bouche, et un rotin [4] à la main. C'était un
420 grand homme sec, olivâtre [5], aux yeux enfoncés, et aux sourcils noirs et joints. Virginie, tout émue, tenant Paul par le bras, s'approcha de l'habitant, et le pria, pour l'amour de Dieu, de pardonner à son esclave, qui était à quelques pas de là derrière eux. D'abord l'habitant ne fit pas grand compte de ces deux
425 enfants pauvrement vêtus ; mais quand il eut remarqué la taille élégante de Virginie, sa belle tête blonde sous une capote [6] bleue, et qu'il eut entendu le doux son de sa voix, qui tremblait ainsi que tout son corps en lui demandant grâce, il ôta sa pipe de sa bouche,

---

1. *Apprêté* : préparé.
2. *Passèrent à gué* : traversèrent à pied.
3. *Morne* : petit mont.
4. *Rotin* : tige de rotin.
5. *Olivâtre* : d'un teint verdâtre.
6. *Capote* : manteau à capuche.

et levant son rotin vers le ciel, il jura par un affreux serment qu'il
430 pardonnait à son esclave, non pas pour l'amour de Dieu, mais
pour l'amour d'elle. Virginie aussitôt fit signe à l'esclave de s'avancer vers son maître ; puis elle s'enfuit, et Paul courut après elle.

Ils remontèrent ensemble le revers du morne par où ils étaient
descendus, et parvenus au sommet ils s'assirent sous un arbre,
435 accablés de lassitude, de faim et de soif. Ils avaient fait à jeun plus
de cinq lieues [1] depuis le lever du soleil. Paul dit à Virginie : « Ma
sœur, il est plus de midi ; tu as faim et soif : nous ne trouverons point
ici à dîner ; redescendons le morne, et allons demander à manger au
maître de l'esclave. – Oh non, mon ami, reprit Virginie, il m'a fait
440 trop de peur. Souviens-toi de ce que dit quelquefois maman : Le
pain du méchant remplit la bouche de gravier. – Comment ferons-
nous donc ? dit Paul ; ces arbres ne produisent que de mauvais
fruits ; il n'y a pas seulement ici un tamarin ou un citron pour te
rafraîchir. – Dieu aura pitié de nous, reprit Virginie ; il exauce la voix
445 des petits oiseaux qui lui demandent de la nourriture. » À peine
avait-elle dit ces mots qu'ils entendirent le bruit d'une source qui
tombait d'un rocher voisin. Ils y coururent, et après s'être désaltérés
avec ses eaux plus claires que le cristal, ils cueillirent et mangèrent
un peu de cresson qui croissait sur ses bords. Comme ils regardaient
450 de côté et d'autre s'ils ne trouveraient pas quelque nourriture plus
solide, Virginie aperçut parmi les arbres de la forêt un jeune palmiste [2]. Le chou que la cime de cet arbre renferme au milieu de ses
feuilles est un fort bon manger ; mais quoique sa tige ne fût pas plus
grosse que la jambe, elle avait plus de soixante pieds [3] de hauteur. À
455 la vérité le bois de cet arbre n'est formé que d'un paquet de fila-
ments, mais son aubier est si dur qu'il fait rebrousser les meilleures
haches ; et Paul n'avait pas même un couteau. L'idée lui vint de
mettre le feu au pied de ce palmiste : autre embarras ; il n'avait

---

1. *Cinq lieues* : voir la note 1, p. 37.
2. *Palmiste* : variété de palmier.
3. *Soixante pieds* : environ 18 mètres ; le pied est une ancienne mesure de
longueur équivalant à une trentaine de centimètres.

point de briquet, et d'ailleurs dans cette île si couverte de rochers je
460 ne crois pas qu'on puisse trouver une seule pierre à fusil. La néces-
sité donne de l'industrie, et souvent les inventions les plus utiles ont
été dues aux hommes les plus misérables. Paul résolut d'allumer du
feu à la manière des noirs : avec l'angle d'une pierre il fit un petit
trou sur une branche d'arbre bien sèche, qu'il assujettit sous ses
465 pieds, puis avec le tranchant de cette pierre il fit une pointe à un
autre morceau de branche également sèche, mais d'une espèce de
bois différent ; il posa ensuite ce morceau de bois pointu dans le
petit trou de la branche qui était sous ses pieds, et le faisant rouler
rapidement entre ses mains comme on roule un moulinet dont on
470 veut faire mousser du chocolat, en peu de moments il vit sortir du
point de contact de la fumée et des étincelles. Il ramassa des herbes
sèches et d'autres branches d'arbres, et mit le feu au pied du palmiste, qui bientôt après tomba avec un grand fracas. Le feu lui servit
encore à dépouiller le chou de l'enveloppe de ses longues feuilles
475 ligneuses et piquantes. Virginie et lui mangèrent une partie de ce
chou crue, et l'autre cuite sous la cendre, et ils les trouvèrent également savoureuses. Ils firent ce repas frugal [1] remplis de joie par le
souvenir de la bonne action qu'ils avaient faite le matin ; mais cette
joie était troublée par l'inquiétude où ils se doutaient bien que leur
480 longue absence de la maison jetterait leurs mères. Virginie revenait
souvent sur cet objet ; cependant Paul, qui sentait ses forces rétablies, l'assura qu'ils ne tarderaient pas à tranquilliser leurs parents.

Après dîner ils se trouvèrent bien embarrassés ; car ils n'avaient
plus de guide pour les reconduire chez eux. Paul, qui ne s'étonnait
485 de rien, dit à Virginie : « Notre case est vers le soleil du milieu du
jour ; il faut que nous passions, comme ce matin, par-dessus cette
montagne que tu vois là-bas avec ses trois pitons. Allons, mar-
chons, mon amie. » Cette montagne était celle des Trois-mamelles,
ainsi nommée parce que ses trois pitons en ont la forme [2]. Ils

---

1. *Frugal* : simple, léger.

2. « Il y a beaucoup de montagnes dont les sommets sont arrondis en forme
de mamelles, et qui en portent le nom dans toutes les langues. Ce sont en effet

490 descendirent donc le morne de la Rivière-noire du côté du nord, et
arrivèrent après une heure de marche sur les bords d'une large
rivière qui barrait leur chemin. Cette grande partie de l'île, toute
couverte de forêts, est si peu connue même aujourd'hui que plusieurs de ses rivières et de ses montagnes n'y ont pas encore de
495 nom. La rivière sur le bord de laquelle ils étaient coule en bouillon-
nant sur un lit de roches. Le bruit de ses eaux effraya Virginie ; elle
n'osa y mettre les pieds pour la passer à gué. Paul alors prit
Virginie sur son dos, et passa ainsi chargé sur les roches glissantes
de la rivière malgré le tumulte de ses eaux. « N'aie pas peur, lui
500 disait-il ; je me sens bien fort avec toi. Si l'habitant de la Rivière-
noire t'avait refusé la grâce de son esclave, je me serais battu avec
lui. – Comment ! dit Virginie, avec cet homme si grand et si
méchant ? À quoi t'ai-je exposé ! Mon Dieu ! qu'il est difficile de
faire le bien ! il n'y a que le mal de facile à faire. » Quand Paul fut
505 sur le rivage il voulut continuer sa route chargé de sa sœur, et il se
flattait de monter ainsi la montagne des Trois-mamelles qu'il
voyait devant lui à une demi-lieue de là ; mais bientôt les forces lui
manquèrent, et il fut obligé de la mettre à terre, et de se reposer
auprès d'elle. Virginie lui dit alors : « Mon frère, le jour baisse ; tu as
510 encore des forces, et les miennes me manquent ; laisse-moi ici, et
retourne seul à notre case pour tranquilliser nos mères. – Oh ! non,
dit Paul, je ne te quitterai pas. Si la nuit nous surprend dans ces
bois, j'allumerai du feu, j'abattrai un palmiste, tu en mangeras le
chou, et je ferai avec ses feuilles un ajoupa[1], pour te mettre à
515 l'abri. » Cependant Virginie, s'étant un peu reposée, cueillit sur le

---

de véritables mamelles ; car ce sont d'elles que découlent beaucoup de rivières
et de ruisseaux qui répandent l'abondance sur la terre. Elles sont les sources
des principaux fleuves qui l'arrosent, et elles fournissent constamment à leurs
eaux en attirant sans cesse les nuages autour du piton de rocher qui les
surmonte à leur centre comme un mamelon. Nous avons indiqué ces pré-
voyances admirables de la nature dans nos *Études* précédentes. » (Note de
Bernardin de Saint-Pierre.)
1. *Ajoupa* : hutte construite sur des pieux et couverte de branchages.

tronc d'un vieux arbre penché sur le bord de la rivière de longues feuilles de scolopendre [1] qui pendaient de son tronc ; elle en fit des espèces de brodequins [2] dont elle s'entoura les pieds, que les pierres des chemins avaient mis en sang ; car dans l'empressement
520 d'être utile elle avait oublié de se chausser. Se sentant soulagée par la fraîcheur de ces feuilles, elle rompit une branche de bambou et se mit en marche en s'appuyant d'une main sur ce roseau, et de l'autre sur son frère.

Ils cheminaient ainsi doucement à travers les bois ; mais la
525 hauteur des arbres et l'épaisseur de leurs feuillages leur firent bientôt perdre de vue la montagne des Trois-mamelles sur laquelle ils se dirigeaient, et même le soleil qui était déjà près de se coucher. Au bout de quelque temps ils quittèrent sans s'en apercevoir le sentier frayé dans lequel ils avaient marché jusqu'alors, et ils se
530 trouvèrent dans un labyrinthe d'arbres, de lianes, et de roches, qui n'avait plus d'issue. Paul fit asseoir Virginie, et se mit à courir çà et là, tout hors de lui, pour chercher un chemin hors de ce fourré épais ; mais il se fatigua en vain. Il monta au haut d'un grand arbre pour découvrir au moins la montagne des Trois-mamelles ; mais il
535 n'aperçut autour de lui que les cimes des arbres, dont quelques-unes étaient éclairées par les derniers rayons du soleil couchant. Cependant l'ombre des montagnes couvrait déjà les forêts dans les vallées ; le vent se calmait, comme il arrive au coucher du soleil ; un profond silence régnait dans ces solitudes, et on n'y
540 entendait d'autre bruit que le bramement des cerfs qui venaient chercher leur gîte dans ces lieux écartés. Paul, dans l'espoir que quelque chasseur pourrait l'entendre, cria alors de toute sa force : «Venez, venez au secours de Virginie ! » mais les seuls échos de la forêt répondirent à sa voix, et répétèrent à plusieurs reprises :
545 « Virginie… Virginie. »

Paul descendit alors de l'arbre, accablé de fatigue et de chagrin : il chercha les moyens de passer la nuit dans ce lieu ; mais il

---

1. *Scolopendre* : variété de fougère.
2. *Brodequins* : chaussures couvrant le pied et le bas de la jambe.

n'y avait ni fontaine, ni palmiste, ni même de branche de bois sec
propre à allumer du feu. Il sentit alors par son expérience toute la
550 faiblesse de ses ressources, et il se mit à pleurer. Virginie lui dit :
« Ne pleure point, mon ami, si tu ne veux m'accabler de chagrin.
C'est moi qui suis la cause de toutes tes peines, et de celles
qu'éprouvent maintenant nos mères. Il ne faut rien faire, pas
même le bien, sans consulter ses parents. Oh ! j'ai été bien impru-
555 dente ! » et elle se prit à verser des larmes. Cependant elle dit à
Paul : « Prions Dieu, mon frère, et il aura pitié de nous. » À peine
avaient-ils achevé leur prière qu'ils entendirent un chien aboyer.
« C'est, dit Paul, le chien de quelque chasseur qui vient le soir tuer
des cerfs à l'affût. » Peu après, les aboiements du chien redou-
560 blèrent. « Il me semble, dit Virginie, que c'est Fidèle, le chien de
notre case ; oui, je reconnais sa voix : serions-nous si près d'arriver et au pied de notre montagne ? » En effet un moment après
Fidèle était à leurs pieds, aboyant, hurlant, gémissant, et les acca-
blant de caresses. Comme ils ne pouvaient revenir de leur sur-
565 prise ils aperçurent Domingue qui accourait à eux. À l'arrivée de
ce bon noir, qui pleurait de joie, ils se mirent aussi à pleurer sans
pouvoir lui dire un mot. Quand Domingue eut repris ses sens :
« Ô mes jeunes maîtres, leur dit-il, que vos mères ont d'inquiétude ! comme elles ont été étonnées quand elles ne vous ont plus
570 trouvés au retour de la messe où je les accompagnais ! Marie, qui
travaillait dans un coin de l'habitation, n'a su nous dire où vous
étiez allés. J'allais, je venais autour de l'habitation, ne sachant
moi-même de quel côté vous chercher. Enfin j'ai pris vos vieux
habits à l'un et à l'autre[1], je les ai fait flairer à Fidèle ; et sur-le-
575 champ, comme si ce pauvre animal m'eût entendu, il s'est mis à
quêter sur vos pas ; il m'a conduit, toujours en remuant la queue,
jusqu'à la Rivière-noire. C'est là où j'ai appris d'un habitant que

---

1. « Ce trait de sagacité du noir Domingue, et de son chien Fidèle, ressemble
beaucoup à celui du sauvage Téwénissa et de son chien Oniah, rapporté par
M. de Crèvecœur, dans son ouvrage plein d'humanité, intitulé *Lettre (sic) d'un
Cultivateur américain.* » (Note de Bernardin de Saint-Pierre.)

vous lui aviez ramené une négresse marronne, et qu'il vous avait
accordé sa grâce. Mais quelle grâce ! il me l'a montrée attachée,
580 avec une chaîne au pied, à un billot de bois, et avec un collier de
fer à trois crochets autour du cou. De là Fidèle, toujours quêtant,
m'a mené sur le morne de la Rivière-noire, où il s'est arrêté
encore en aboyant de toute sa force ; c'était sur le bord d'une
source auprès d'un palmiste abattu, et près d'un feu qui fumait
585 encore. Enfin il m'a conduit ici : nous sommes au pied de la
montagne des Trois-mamelles, et il y a encore quatre bonnes
lieues jusque chez nous. Allons, mangez, et prenez des forces. » Il
leur présenta aussitôt un gâteau, des fruits, et une grande calebasse[1] remplie d'une liqueur composée d'eau, de vin, de jus de
590 citron, de sucre et de muscade, que leurs mères avaient préparée
pour les fortifier et les rafraîchir. Virginie soupira au souvenir de
la pauvre esclave, et des inquiétudes de leurs mères. Elle répéta
plusieurs fois : « Oh qu'il est difficile de faire le bien ! » Pendant
que Paul et elle se rafraîchissaient, Domingue alluma du feu, et
595 ayant cherché dans les rochers un bois tordu qu'on appelle bois
de ronde, et qui brûle tout vert en jetant une grande flamme, il en
fit un flambeau qu'il alluma ; car il était déjà nuit. Mais il éprouva
un embarras bien plus grand quand il fallut se mettre en route :
Paul et Virginie ne pouvaient plus marcher ; leurs pieds étaient
600 enflés et tout rouges. Domingue ne savait s'il devait aller bien
loin de là leur chercher du secours, ou passer dans ce lieu la nuit
avec eux. « Où est le temps, leur disait-il, où je vous portais tous
deux à la fois dans mes bras ? mais maintenant vous êtes grands,
et je suis vieux. » Comme il était dans cette perplexité une troupe
605 de noirs marrons se fit voir à vingt pas de là. Le chef de cette
troupe, s'approchant de Paul et de Virginie, leur dit : « Bons petits
blancs, n'ayez pas peur ; nous vous avons vus passer ce matin
avec une négresse de la Rivière-noire ; vous alliez demander
sa grâce à son mauvais maître : en reconnaissance nous vous

---

1. *Calebasse* : récipient formé par la coque du fruit du calebassier.

610 reporterons chez vous sur nos épaules. » Alors il fit un signe, et
quatre noirs marrons des plus robustes firent aussitôt un bran-
card avec des branches d'arbres et des lianes, y placèrent Paul et
Virginie, les mirent sur leurs épaules ; et Domingue marchant
devant eux avec son flambeau, ils se mirent en route aux cris de
615 joie de toute la troupe, qui les comblait de bénédictions. Virginie
attendrie disait à Paul : « Oh, mon ami ! jamais Dieu ne laisse un
bienfait sans récompense. »

Ils arrivèrent vers le milieu de la nuit au pied de leur montagne, dont les croupes étaient éclairées de plusieurs feux. À peine
620 ils la montaient qu'ils entendirent des voix qui criaient : « Est-ce
vous, mes enfants ? » Ils répondirent avec les noirs : « Oui, c'est
nous » ; et bientôt ils aperçurent leurs mères et Marie qui venaient
au-devant d'eux avec des tisons flambants. « Malheureux enfants,
dit madame de la Tour, d'où venez-vous ? dans quelles angoisses
625 vous nous avez jetées ! – Nous venons, dit Virginie, de la Rivière-
noire demander la grâce d'une pauvre esclave marronne, à qui
j'ai donné ce matin le déjeuner de la maison, parce qu'elle mou-
rait de faim ; et voilà que les noirs marrons nous ont ramenés. »
Madame de la Tour embrassa sa fille sans pouvoir parler ; et
630 Virginie, qui sentit son visage mouillé des larmes de sa mère, lui
dit : « Vous me payez de tout le mal que j'ai souffert ! » Marguerite,
ravie de joie, serrait Paul dans ses bras, et lui disait : « Et toi aussi,
mon fils, tu as fait une bonne action. » Quand elles furent arrivées
dans leur case avec leurs enfants elles donnèrent bien à manger
635 aux noirs marrons, qui s'en retournèrent dans leurs bois en leur
souhaitant toute sorte de prospérités.

Chaque jour était pour ces familles un jour de bonheur et
de paix. Ni l'envie ni l'ambition ne les tourmentaient. Elles ne
désiraient point au-dehors une vaine réputation que donne
640 l'intrigue [1], et qu'ôte la calomnie ; il leur suffisait d'être à elles-
mêmes leurs témoins et leurs juges. Dans cette île, où, comme

---

1. *Intrigue* : art de manœuvrer autrui.

dans toutes les colonies européennes, on n'est curieux que d'anecdotes malignes[1], leurs vertus et même leurs noms étaient ignorés ; seulement quand un passant demandait sur le chemin

645 des Pamplemousses à quelques habitants de la plaine : « Qui est-ce qui demeure là-haut dans ces petites cases ? » ceux-ci répondaient sans les connaître : « Ce sont de bonnes gens. » Ainsi des violettes, sous des buissons épineux, exhalent[2] au loin leurs doux parfums, quoiqu'on ne les voie pas.

650 Elles avaient banni de leurs conversations la médisance, qui, sous une apparence de justice, dispose nécessairement le cœur à la haine ou à la fausseté ; car il est impossible de ne pas haïr les hommes si on les croit méchants, et de vivre avec les méchants si on ne leur cache sa haine sous de fausses apparences de bien-

655 veillance. Ainsi la médisance nous oblige d'être mal avec les autres ou avec nous-mêmes. Mais, sans juger des hommes en particulier, elles ne s'entretenaient que des moyens de faire du bien à tous en général ; et quoiqu'elles n'en eussent pas le pouvoir, elles en avaient une volonté perpétuelle qui les remplissait d'une bien-

660 veillance toujours prête à s'étendre au-dehors. En vivant donc dans la solitude, loin d'être sauvages, elles étaient devenues plus humaines. Si l'histoire scandaleuse de la société ne fournissait point de matière à leurs conversations, celle de la nature les remplissait de ravissement et de joie. [...]

665 Ces familles heureuses étendaient leurs âmes sensibles à tout ce qui les environnait. Elles avaient donné les noms les plus tendres aux objets en apparence les plus indifférents. Un cercle d'orangers, de bananiers et de jameroses[3] plantés autour d'une pelouse, au milieu de laquelle Virginie et Paul allaient quelquefois

670 danser, se nommait LA CONCORDE. Un vieux arbre, à l'ombre duquel madame de la Tour et Marguerite s'étaient raconté leurs

---

1. *Malignes* : mauvaises. Les colonies à cette époque-là étaient pour l'essentiel peuplées d'anciens prisonniers.

2. *Exhalent* : diffusent.

3. *Jameroses* : arbres exotiques dont les fruits sont comestibles.

malheurs, s'appelait LES PLEURS ESSUYÉS. Elles faisaient porter les noms de BRETAGNE et de NORMANDIE à de petites portions de terre où elles avaient semé du blé, des fraises et des pois.

675 Domingue et Marie désirant, à l'imitation de leurs maîtresses, se rappeler les lieux de leur naissance en Afrique, appelaient ANGOLA et FOULLEPOINTE deux endroits où croissait l'herbe dont ils faisaient des paniers, et où ils avaient planté un calebassier. Ainsi, par ces productions de leurs climats, ces familles expatriées entre-

680 tenaient les douces illusions de leur pays et en calmaient les regrets dans une terre étrangère. Hélas ! j'ai vu s'animer de mille appellations charmantes les arbres, les fontaines, les rochers de ce lieu maintenant si bouleversé, et qui, semblable à un champ de la Grèce, n'offre plus que des ruines et des noms touchants.

685 Mais de tout ce que renfermait cette enceinte rien n'était plus agréable que ce qu'on appelait le REPOS DE VIRGINIE. Au pied du rocher la DÉCOUVERTE DE L'AMITIÉ est un enfoncement d'où sort une fontaine, qui forme dès sa source une petite flaque d'eau, au milieu d'un pré d'une herbe fine. Lorsque Marguerite eut mis Paul

690 au monde je lui fis présent d'un coco des Indes qu'on m'avait donné. Elle planta ce fruit sur le bord de cette flaque d'eau, afin que l'arbre qu'il produirait servît un jour d'époque[1] à la naissance de son fils. Madame de la Tour, à son exemple, y en planta un autre dans une semblable intention dès qu'elle fut accouchée de

695 Virginie. Il naquit de ces deux fruits deux cocotiers, qui formaient toutes les archives de ces deux familles ; l'un se nommait l'arbre de Paul, et l'autre, l'arbre de Virginie. Ils crûrent[2] tous deux, dans la même proportion que leurs jeunes maîtres, d'une hauteur un peu inégale, mais qui surpassait au bout de douze ans celle de leurs

700 cabanes. Déjà ils entrelaçaient leurs palmes, et laissaient pendre leurs jeunes grappes de cocos au-dessus du bassin de la fontaine. Excepté cette plantation on avait laissé cet enfoncement du rocher tel que la nature l'avait orné. Sur ses flancs bruns et humides

---

1. *Époque* : repère chronologique.
2. *Ils crûrent* : ils grandirent (passé simple du verbe *croître*).

rayonnaient en étoiles vertes et noires de larges capillaires [1], et
705 flottaient au gré des vents des touffes de scolopendre [2] suspendues
comme de longs rubans d'un vert pourpré [3]. Près de là croissaient
des lisières de pervenche, dont les fleurs sont presque semblables à
celles de la giroflée rouge, et des piments, dont les gousses couleur
de sang sont plus éclatantes que le corail. Aux environs, l'herbe de
710 baume, dont les feuilles sont en cœur, et les basilics à odeur de
girofle, exhalaient les plus doux parfums. Du haut de l'escarpement de la montagne pendaient des lianes semblables à des drape-
ries flottantes, qui formaient sur les flancs des rochers de grandes
courtines [4] de verdure. Les oiseaux de mer, attirés par ces retraites
715 paisibles, y venaient passer la nuit. Au coucher du soleil on y
voyait voler le long des rivages de la mer le corbigeau et l'alouette
marine, et au haut des airs la noire frégate, avec l'oiseau blanc du
tropique, qui abandonnaient, ainsi que l'astre du jour, les solitudes de l'océan Indien. Virginie aimait à se reposer sur les bords
720 de cette fontaine, décorée d'une pompe à la fois magnifique et
sauvage. Souvent elle y venait laver le linge de la famille à l'ombre
des deux cocotiers. Quelquefois elle y menait paître ses chèvres.
Pendant qu'elle préparait des fromages avec leur lait, elle se plaisait à leur voir brouter les capillaires sur les flancs escarpés de la
725 roche, et se tenir en l'air sur une de ses corniches comme sur un
piédestal. Paul, voyant que ce lieu était aimé de Virginie, y apporta
de la forêt voisine des nids de toute sorte d'oiseaux. Les pères et les
mères de ces oiseaux suivirent leurs petits, et vinrent s'établir dans
cette nouvelle colonie. Virginie leur distribuait de temps en temps
730 des grains de riz, de maïs et de millet : dès qu'elle paraissait, les
merles siffleurs, les bengalis, dont le ramage est si doux, les cardi-
naux, dont le plumage est couleur de feu, quittaient leurs buissons ; des perruches vertes comme des émeraudes descendaient

---

1. *Capillaires* : variété de fougère.
2. *Scolopendre* : voir la note 1, p. 52.
3. *Pourpré* : coloré de pourpre (rouge).
4. *Courtines* : tentures.

des lataniers voisins ; des perdrix accouraient sous l'herbe : tous
735 s'avançaient pêle-mêle jusqu'à ses pieds comme des poules. Paul
et elle s'amusaient avec transport de leurs jeux, de leurs appétits, et
de leurs amours.

Aimables enfants, vous passiez ainsi dans l'innocence vos premiers jours en vous exerçant aux bienfaits ! Combien de fois dans
740 ce lieu vos mères, vous serrant dans leurs bras, bénissaient le ciel
de la consolation que vous prépariez à leur vieillesse, et de vous
voir entrer dans la vie sous de si heureux auspices ! [...]

Vous autres Européens, dont l'esprit se remplit dès l'enfance de
tant de préjugés contraires au bonheur, vous ne pouvez concevoir
745 que la nature puisse donner tant de lumières [1] et de plaisirs. Votre
âme, circonscrite [2] dans une petite sphère de connaissances
humaines, atteint bientôt le terme de ses jouissances [3] artificielles :
mais la nature et le cœur sont inépuisables. Paul et Virginie
n'avaient ni horloges, ni almanachs, ni livres de chronologie, d'his-
750 toire, et de philosophie. Les périodes de leur vie se réglaient sur
celles de la nature. Ils connaissaient les heures du jour par l'ombre
des arbres ; les saisons, par les temps où ils donnent leurs fleurs ou
leurs fruits ; et les années, par le nombre de leurs récoltes. [...]

Après tout qu'avaient besoin ces jeunes gens d'être riches et
755 savants à notre manière ? leurs besoins et leur ignorance ajoutaient
encore à leur félicité. Il n'y avait point de jour qu'ils ne se communi-
quassent quelques secours ou quelques lumières : oui, des lumières ;
et quand il s'y serait mêlé quelques erreurs, l'homme pur n'en a
point de dangereuses à craindre. Ainsi croissaient ces deux enfants
760 de la nature. Aucun souci n'avait ridé leur front, aucune intempérance [4] n'avait corrompu [5] leur sang, aucune passion malheureuse

---

1. *Lumières* : connaissances (sens figuré ; le XVIIIe siècle est ainsi appelé le
siècle des Lumières).
2. *Circonscrite* : renfermée.
3. *Jouissances* : satisfactions.
4. *Intempérance* : excès, abus, exagération.
5. *Corrompu* : pourri, abîmé.

n'avait dépravé leur cœur : l'amour, l'innocence, la piété, développaient chaque jour la beauté de leur âme en grâces ineffables [1], dans leurs traits, leurs attitudes et leurs mouvements. Au matin de la vie,

765 ils en avaient toute la fraîcheur : tels dans le jardin d'Éden [2] parurent nos premiers parents lorsque, sortant des mains de Dieu, ils se virent, s'approchèrent, et conversèrent d'abord comme frère et comme sœur. Virginie, douce, modeste, confiante comme Ève ; et Paul, semblable à Adam, ayant la taille d'un homme avec la simpli-

770 cité d'un enfant. [...]

Cependant depuis quelque temps Virginie se sentait agitée d'un mal inconnu. Ses beaux yeux bleus se marbraient de noir ; son teint jaunissait ; une langueur [3] universelle abattait son corps. La sérénité n'était plus sur son front, ni le sourire sur ses lèvres.

775 On la voyait tout à coup gaie sans joie, et triste sans chagrin. Elle fuyait ses jeux innocents, ses doux travaux, et la société de sa famille bien-aimée. Elle errait çà et là dans les lieux les plus solitaires de l'habitation, cherchant partout du repos, et ne le trouvant nulle part. Quelquefois, à la vue de Paul, elle allait vers

780 lui en folâtrant [4] ; puis tout à coup, près de l'aborder, un embarras subit la saisissait ; un rouge vif colorait ses joues pâles, et ses yeux n'osaient plus s'arrêter sur les siens. Paul lui disait : « La verdure couvre ces rochers, nos oiseaux chantent quand ils te voient ; tout est gai autour de toi, toi seule es triste. » Et il cher-

785 chait à la ranimer en l'embrassant, mais elle détournait la tête, et fuyait tremblante vers sa mère. [...]

Plusieurs fois, voulant lui raconter ses peines, elle lui pressa les mains dans les siennes ; plusieurs fois elle fut près de prononcer le nom de Paul, mais son cœur oppressé laissa sa langue sans

---

1. *Ineffables* : pour lesquelles il n'existe aucun mot.
2. *Le jardin d'Éden* : dans la Bible, jardin assimilé au Paradis où vécurent Adam et Ève avant le péché.
3. *Langueur* : fatigue, faiblesse.
4. *En folâtrant* : en jouant avec gaieté.

790 expression, et posant sa tête sur le sein maternel elle ne put que
l'inonder de ses larmes.

Madame de la Tour pénétrait bien la cause du mal de sa fille,
mais elle n'osait elle-même lui en parler. «Mon enfant, lui disait-
elle, adresse-toi à Dieu, qui dispose à son gré de la santé et de la
795 vie. Il t'éprouve aujourd'hui pour te récompenser demain. Songe
que nous ne sommes sur la terre que pour exercer la vertu.»

Cependant ces chaleurs excessives élevèrent de l'océan des
vapeurs qui couvrirent l'île comme un vaste parasol. Les sommets
des montagnes les rassemblaient autour d'eux, et de longs sillons
800 de feu sortaient de temps en temps de leurs pitons embrumés.
Bientôt des tonnerres affreux firent retentir de leurs éclats les bois,
les plaines et les vallons ; des pluies épouvantables, semblables à
des cataractes [1], tombèrent du ciel. Des torrents écumeux se préci-
pitaient le long des flancs de cette montagne : le fond de ce bassin
805 était devenu une mer ; le plateau où sont assises les cabanes, une
petite île ; et l'entrée de ce vallon, une écluse par où sortaient pêle-
mêle avec les eaux mugissantes les terres, les arbres et les rochers.

Toute la famille tremblante priait Dieu dans la case de madame
de la Tour, dont le toit craquait horriblement par l'effort des vents.
810 Quoique la porte et les contrevents [2] en fussent bien fermés, tous
les objets s'y distinguaient à travers les jointures de la charpente,
tant les éclairs étaient vifs et fréquents. L'intrépide Paul, suivi de
Domingue, allait d'une case à l'autre malgré la fureur de la tempête, assurant ici une paroi avec un arc-boutant [3], et enfonçant là
815 un pieu : il ne rentrait que pour consoler la famille par l'espoir
prochain du retour du beau temps. En effet sur le soir la pluie
cessa ; le vent alizé du sud-est reprit son cours ordinaire ; les nuages
orageux furent jetés vers le nord-est, et le soleil couchant parut à
l'horizon.

---

1. *Cataractes* : chutes d'un cours d'eau.
2. *Contrevents* : volets.
3. *Arc-boutant* : renfort en pierre.

820   Le premier désir de Virginie fut de revoir le lieu de son repos[1]. Paul s'approcha d'elle d'un air timide, et lui présenta son bras pour l'aider à marcher. Elle l'accepta en souriant, et ils sortirent ensemble de la case. L'air était frais et sonore. Des fumées blanches s'élevaient sur les croupes[2] de la montagne

825   sillonnée çà et là de l'écume des torrents qui tarissaient[3] de tous côtés. Pour le jardin, il était tout bouleversé par d'affreux ravins ; la plupart des arbres fruitiers avaient leurs racines en haut ; de grands amas de sable couvraient les lisières des prairies, et avaient comblé le bain de Virginie. Cependant les deux cocotiers

830   étaient debout et bien verdoyants ; mais il n'y avait plus aux environs ni gazons, ni berceaux, ni oiseaux, excepté quelques bengalis qui, sur la pointe des rochers voisins, déploraient par des chants plaintifs la perte de leurs petits.

À la vue de cette désolation, Virginie dit à Paul : « Vous aviez

835   apporté ici des oiseaux, l'ouragan les a tués. Vous aviez planté ce jardin, il est détruit. Tout périt sur la terre ; il n'y a que le ciel qui ne change point. » Paul lui répondit : « Que ne puis-je vous donner quelque chose du ciel ! mais je ne possède rien, même sur la terre. » Virginie reprit, en rougissant : « Vous avez à vous le portrait de

840   saint Paul. » À peine eut-elle parlé qu'il courut le chercher dans la case de sa mère. Ce portrait était une petite miniature représentant l'ermite Paul[4]. Marguerite y avait une grande dévotion ; elle l'avait porté longtemps suspendu à son cou étant fille ; ensuite, devenue mère, elle l'avait mis à celui de son enfant. Il était même arrivé

845   qu'étant enceinte de lui, et délaissée de tout le monde, à force de contempler l'image de ce bienheureux solitaire, son fruit[5] en avait contracté quelque ressemblance ; ce qui l'avait décidée à lui en

---

1. *Le lieu de son repos* : voir p. 57.

2. *Croupes* : sommets arrondis.

3. *Qui tarissaient* : qui s'asséchaient.

4. *L'ermite Paul* : saint Paul de Thèbes, né en 228, vécut dans une caverne jusqu'à 113 ans.

5. *Son fruit* : son enfant.

faire porter le nom, et à lui donner pour patron un saint qui avait passé sa vie loin des hommes, qui l'avaient abusée, puis abandon-
850 née. Virginie, en recevant ce petit portrait des mains de Paul, lui dit d'un ton ému : « Mon frère, il ne me sera jamais enlevé tant que je vivrai, et je n'oublierai jamais que tu m'as donné la seule chose que tu possèdes au monde. » À ce ton d'amitié, à ce retour inespéré de familiarité et de tendresse, Paul voulut l'embrasser ; mais aussi
855 légère qu'un oiseau elle lui échappa, et le laissa hors de lui, ne concevant rien à une conduite si extraordinaire.

Cependant Marguerite disait à madame de la Tour : « Pourquoi ne marions-nous pas nos enfants ? Ils ont l'un pour l'autre une passion extrême dont mon fils ne s'aperçoit pas encore. Lorsque
860 la nature lui aura parlé, en vain nous veillons sur eux, tout est à craindre. » Madame de la Tour lui répondit : « Ils sont trop jeunes et trop pauvres. Quel chagrin pour nous si Virginie mettait au monde des enfants malheureux, qu'elle n'aurait peut-être pas la force d'élever ! Ton noir Domingue est bien cassé ; Marie est infirme.
865 Moi-même, chère amie, depuis quinze ans je me sens fort affaiblie. On vieillit promptement dans les pays chauds, et encore plus vite dans le chagrin. Paul est notre unique espérance. Attendons que l'âge ait formé son tempérament, et qu'il puisse nous soutenir par son travail. À présent, tu le sais, nous n'avons guère que le néces-
870 saire de chaque jour. Mais en faisant passer Paul dans l'Inde pour un peu de temps, le commerce lui fournira de quoi acheter quelque esclave : et à son retour ici nous le marierons à Virginie ; car je crois que personne ne peut rendre ma chère fille aussi heureuse que ton fils Paul. Nous en parlerons à notre voisin. »
875 En effet ces dames me consultèrent, et je fus de leur avis. « Les mers de l'Inde sont belles, leur dis-je. En prenant une saison favorable pour passer d'ici aux Indes, c'est un voyage de six semaines au plus, et d'autant de temps pour en revenir. Nous ferons dans notre quartier une pacotille [1] à Paul ; car j'ai des

---

1. *Pacotille* : assortiment de marchandises.

880 voisins qui l'aiment beaucoup. Quand nous ne lui donnerions
que du coton brut, dont nous ne faisons aucun usage faute de
moulins pour l'éplucher ; du bois d'ébène, si commun ici qu'il
sert au chauffage, et quelques résines qui se perdent dans nos
bois : tout cela se vend assez bien aux Indes, et nous est fort
885 inutile ici. »

Je me chargeai de demander à M. de la Bourdonnais une per-
mission d'embarquement pour ce voyage ; et avant tout je voulus
en prévenir Paul. Mais quel fut mon étonnement lorsque ce jeune
homme me dit avec un bon sens fort au-dessus de son âge : « Pour-
890 quoi voulez-vous que je quitte ma famille pour je ne sais quel
projet de fortune ? Y a-t-il un commerce au monde plus avanta-
geux que la culture d'un champ qui rend quelquefois cinquante et
cent pour un ? Si nous voulons faire le commerce, ne pouvons-
nous pas le faire en portant notre superflu d'ici à la ville, sans que
895 j'aille courir aux Indes ? Nos mères me disent que Domingue est
vieux et cassé ; mais moi je suis jeune, et je me renforce chaque
jour. Il n'a qu'à leur arriver pendant mon absence quelque acci-
dent, surtout à Virginie qui est déjà souffrante. Oh non, non ! je ne
saurais me résoudre à les quitter. »

900 Sa réponse me jeta dans un grand embarras ; car madame de
la Tour ne m'avait pas caché l'état de Virginie, et le désir qu'elle
avait de gagner quelques années sur l'âge de ces jeunes gens en
les éloignant l'un de l'autre. C'étaient des motifs que je n'osais
même faire soupçonner à Paul.

905 Sur ces entrefaites[1] un vaisseau arrivé de France apporta à
madame de la Tour une lettre de sa tante. La crainte de la mort,
sans laquelle les cœurs durs ne seraient jamais sensibles, l'avait
frappée. Elle sortait d'une grande maladie dégénérée[2] en langueur, et que l'âge rendait incurable[3]. Elle mandait[4] à sa nièce

---

1. *Sur ces entrefaites* : à ce moment-là.
2. *Dégénérée* : qui s'est dégradée, aggravée.
3. *Incurable* : qui ne peut être guérie.
4. *Elle mandait* : voir la note 2, p. 45.

910 de repasser en France ; ou, si sa santé ne lui permettait pas de
faire un si long voyage, elle lui enjoignait [1] d'y envoyer Virginie, à
laquelle elle destinait une bonne éducation, un parti [2] à la cour, et
la donation de tous ses biens. Elle attachait, disait-elle, le retour
de ses bontés à l'exécution de ses ordres.

915 À peine cette lettre fut lue dans la famille qu'elle y répandit la
consternation. Domingue et Marie se mirent à pleurer. Paul, immo-
bile d'étonnement, paraissait prêt à se mettre en colère. Virginie, les
yeux fixés sur sa mère, n'osait proférer un mot. « Pourriez-vous nous
quitter maintenant ? dit Marguerite à madame de la Tour. – Non,
920 mon amie ; non, mes enfants, reprit madame de la Tour : je ne vous
quitterai point. J'ai vécu avec vous, et c'est avec vous que je veux
mourir. Je n'ai connu le bonheur que dans votre amitié. Si ma santé
est dérangée, d'anciens chagrins en sont cause. J'ai été blessée au
cœur par la dureté de mes parents et par la perte de mon cher
925 époux. Mais depuis, j'ai goûté plus de consolation et de félicité
avec vous, sous ces pauvres cabanes, que jamais les richesses de
ma famille ne m'en ont fait même espérer dans ma patrie. »

À ce discours des larmes de joie coulèrent de tous les yeux.
Paul, serrant madame de la Tour dans ses bras, lui dit : « Je ne
930 vous quitterai pas non plus ; je n'irai point aux Indes. Nous tra-
vaillerons tous pour vous, chère maman ; rien ne vous manquera
jamais avec nous. » Mais de toute la société la personne qui témoigna le moins de joie, et qui y fut la plus sensible, fut Virginie. Elle
parut le reste du jour d'une gaieté douce, et le retour de sa tran-
935 quillité mit le comble à la satisfaction générale.

Le lendemain, au lever du soleil, comme ils venaient de faire
tous ensemble, suivant leur coutume, la prière du matin qui précé-
dait le déjeuner, Domingue les avertit qu'un monsieur à cheval,
suivi de deux esclaves, s'avançait vers l'habitation. C'était M. de la
940 Bourdonnais. Il entra dans la case où toute la famille était à table.

---

1. *Elle lui enjoignait* : elle lui ordonnait.
2. *Un parti* : un mari.

Virginie venait de servir, suivant l'usage du pays, du café et du riz cuit à l'eau. Elle y avait joint des patates chaudes et des bananes fraîches. Il y avait pour toute vaisselle des moitiés de calebasses [1], et pour linge des feuilles de bananier. Le gouverneur témoigna
945 d'abord quelque étonnement de la pauvreté de cette demeure. Ensuite, s'adressant à madame de la Tour, il lui dit que les affaires générales l'empêchaient quelquefois de songer aux particulières ; mais qu'elle avait bien des droits sur lui. « Vous avez, ajouta-t-il, madame, une tante de qualité et fort riche à Paris, qui vous réserve
950 sa fortune, et vous attend auprès d'elle. »

Madame de la Tour répondit au gouverneur que sa santé altérée [2] ne lui permettait pas d'entreprendre un si long voyage. « Au moins, reprit M. de la Bourdonnais, pour mademoiselle votre fille, si jeune et si aimable, vous ne sauriez sans injustice la
955 priver d'une si grande succession. Je ne vous cache pas que votre tante a employé l'autorité pour la faire venir auprès d'elle. Les bureaux [3] m'ont écrit à ce sujet d'user, s'il le fallait, de mon pouvoir ; mais ne l'exerçant que pour rendre heureux les habitants de cette colonie, j'attends de votre volonté seule un sacrifice
960 de quelques années, d'où dépend l'établissement [4] de votre fille, et le bien-être de toute votre vie. Pourquoi vient-on aux îles ? n'est-ce pas pour y faire fortune ? N'est-il pas bien plus agréable de l'aller retrouver dans sa patrie ? »

En disant ces mots, il posa sur la table un gros sac de piastres [5]
965 que portait un de ses noirs. « Voilà, ajouta-t-il, ce qui est destiné aux préparatifs de voyage de mademoiselle votre fille, de la part de votre tante. » [...]

« Votre tante, ajouta-t-il en s'en allant, ne peut pas traîner plus de deux ans : ses amis me l'ont mandé. Songez-y bien. La fortune

---

1. *Calebasses* : voir la note 1, p. 54.
2. *Altérée* : mauvaise.
3. *Bureaux* : services administratifs du roi.
4. *L'établissement* : le mariage.
5. *Piastres* : pièces de monnaie de valeur.

970 ne vient pas tous les jours. Consultez-vous. Tous les gens de bon
sens seront de mon avis.» Elle lui répondit «que, ne désirant
désormais d'autre bonheur dans le monde que celui de sa fille,
elle laisserait son départ pour la France entièrement à sa disposition[1]».

975 Madame de la Tour n'était pas fâchée de trouver une occasion
de séparer pour quelque temps Virginie et Paul, en procurant[2] un
jour leur bonheur mutuel. Elle prit donc sa fille à part, et lui dit:
«Mon enfant, nos domestiques sont vieux; Paul est bien jeune,
Marguerite vient sur l'âge; je suis déjà infirme: si j'allais mourir,
980 que deviendriez-vous sans fortune au milieu de ces déserts? Vous
resteriez donc seule, n'ayant personne qui puisse vous être d'un
grand secours, et obligée, pour vivre, de travailler sans cesse à la
terre comme une mercenaire[3]. Cette idée me pénètre de douleur.»
Virginie lui répondit: «Dieu nous a condamnés au travail. Vous
985 m'avez appris à travailler, et à le bénir chaque jour. Jusqu'à présent il ne nous a pas abandonnés, il ne nous abandonnera point
encore. Sa providence veille particulièrement sur les malheureux.
Vous me l'avez dit tant de fois, ma mère! Je ne saurais me résoudre
à vous quitter.» Madame de la Tour, émue, reprit: «Je n'ai d'autre
990 projet que de te rendre heureuse et de te marier un jour avec Paul,
qui n'est point ton frère. Songe maintenant que sa fortune dépend
de toi.»

Une jeune fille qui aime croit que tout le monde l'ignore. Elle
met sur ses yeux le voile qu'elle a sur son cœur; mais quand il est
995 soulevé par une main amie, alors les peines secrètes de son amour
s'échappent comme par une barrière ouverte, et les doux épanche-
ments de la confiance succèdent aux réserves et aux mystères dont
elle s'environnait. Virginie, sensible aux nouveaux témoignages
de bonté de sa mère, lui raconta quels avaient été ses combats,
1000 qui n'avaient eu d'autres témoins que Dieu seul, qu'elle voyait le

---

1. *À sa disposition* : à son appréciation.
2. *En procurant* : en assurant.
3. *Mercenaire* : misérable.

secours de sa providence dans celui d'une mère tendre qui approu-
vait son inclination[1], et qui la dirigerait par ses conseils ; que
maintenant, appuyée de son support, tout l'engageait à rester
auprès d'elle, sans inquiétude pour le présent, et sans crainte pour
1005 l'avenir.

Madame de la Tour voyant que sa confidence avait produit un
effet contraire à celui qu'elle en attendait, lui dit : « Mon enfant, je
ne veux point te contraindre ; délibère à ton aise ; mais cache ton
amour à Paul. Quand le cœur d'une fille est pris, son amant n'a
1010 plus rien à lui demander. »

Vers le soir, comme elle était seule avec Virginie, il entra chez
elle un grand homme vêtu d'une soutane[2] bleue. C'était un ecclé-
siastique missionnaire[3] de l'île, et confesseur de madame de la
Tour et de Virginie. Il était envoyé par le gouverneur. « Mes
1015 enfants, dit-il en entrant, Dieu soit loué ! Vous voilà riches. Vous
pourrez écouter votre bon cœur, faire du bien aux pauvres. Je sais
ce que vous a dit M. de la Bourdonnais, et ce que vous lui avez
répondu. Bonne maman, votre santé vous oblige de rester ici ;
mais vous, jeune demoiselle, vous n'avez point d'excuses. Il faut
1020 obéir à la Providence[4], à nos vieux parents, même injustes. C'est
un sacrifice, mais c'est l'ordre de Dieu. Il s'est dévoué pour nous ;
il faut, à son exemple, se dévouer pour le bien de sa famille.
Votre voyage en France aura une fin heureuse. Ne voulez-vous
pas bien y aller, ma chère demoiselle ? »

1025 Virginie, les yeux baissés, lui répondit en tremblant : « Si c'est
l'ordre de Dieu, je ne m'oppose à rien. Que la volonté de Dieu
soit faite ! » dit-elle en pleurant.

Le missionnaire sortit, et fut rendre compte au gouverneur
du succès de sa commission[5]. Cependant madame de la Tour

---

1. *Inclination* : amour.
2. *Soutane* : robe de prêtre.
3. *Missionnaire* : qui propage sa religion dans le monde.
4. *Providence* : voir la note 10, p. 34.
5. *Commission* : mission dont il a été chargé.

1030 m'envoya prier par Domingue de passer chez elle pour me
consulter sur le départ de Virginie. Je ne fus point du tout d'avis
qu'on la laissât partir. Je tiens pour principes certains du bonheur
qu'il faut préférer les avantages de la nature à tous ceux de la
fortune, et que nous ne devons point aller chercher hors de nous
1035 ce que nous pouvons trouver chez nous. J'étends ces maximes [1] à
tout, sans exception. Mais que pouvaient mes conseils de modé-
ration contre les illusions d'une grande fortune, et mes raisons
naturelles contre les préjugés du monde et une autorité sacrée
pour madame de la Tour ? Cette dame ne me consulta donc que
1040 par bienséance, et elle ne délibéra plus depuis la décision de son
confesseur. Marguerite même, qui, malgré les avantages qu'elle
espérait pour son fils de la fortune de Virginie, s'était opposée
fortement à son départ, ne fit plus d'objections. Pour Paul, qui
ignorait le parti auquel on se déterminait, étonné des conversa-
1045 tions secrètes de madame de la Tour et de sa fille, il s'abandonnait à une tristesse sombre. « On trame quelque chose contre
moi, dit-il, puisqu'on se cache de moi. »

Cependant le bruit s'étant répandu dans l'île que la fortune
avait visité ces rochers, on y vit grimper des marchands de toute
1050 espèce. Ils déployèrent, au milieu de ces pauvres cabanes, les
plus riches étoffes de l'Inde ; de superbes basins de Goudelour,
des mouchoirs de Paliacate et de Mazulipatan, des mousselines
de Daca, unies, rayées, brodées, transparentes comme le jour,
des baftas de Surate d'un si beau blanc, des chittes de toutes
1055 couleurs et des plus rares, à fond sablé et à rameaux verts. Ils
déroulèrent de magnifiques étoffes de soie de la Chine, des lam-
pas découpés à jour, des damas d'un blanc satiné, d'autres d'un
vert de prairie, d'autres d'un rouge à éblouir ; des taffetas roses,
des satins à pleine main, des pékins moelleux comme le drap, des
1060 nankins blancs et jaunes, et jusqu'à des pagnes de Madagascar.

---

1. *Maximes* : principes.

Madame de la Tour voulut que sa fille achetât tout ce qui lui ferait plaisir ; elle veilla seulement sur le prix et les qualités des marchandises, de peur que les marchands ne la trompassent. Virginie choisit tout ce qu'elle crut être agréable à sa mère, à Marguerite et à son fils. « Ceci, disait-elle, était bon pour des meubles, cela pour l'usage de Marie et de Domingue. » Enfin le sac de piastres était employé qu'elle n'avait pas encore songé à ses besoins. Il fallut lui faire son partage sur les présents qu'elle avait distribués à la société.

Paul, pénétré de douleur à la vue de ces dons de la fortune, qui lui présageaient[1] le départ de Virginie, s'en vint quelques jours après chez moi. Il me dit d'un air accablé : « Ma sœur s'en va : elle fait déjà les apprêts[2] de son voyage. Passez chez nous, je vous prie. Employez votre crédit[3] sur l'esprit de sa mère et de la mienne pour la retenir. » Je me rendis aux instances[4] de Paul, quoique bien persuadé que mes représentations[5] seraient sans effet.

Si Virginie m'avait paru charmante en toile bleue du Bengale, avec un mouchoir rouge autour de sa tête, ce fut encore tout autre chose quand je la vis parée à la manière des dames de ce pays. Elle était vêtue de mousseline blanche doublée de taffetas rose. Sa taille légère et élevée se dessinait parfaitement sous son corset[6], et ses cheveux blonds, tressés à double tresse, accompagnaient admirablement sa tête virginale. Ses beaux yeux bleus étaient remplis de mélancolie ; et son cœur agité par une passion combattue donnait à son teint une couleur animée, et à sa voix des sons pleins d'émotion. Le contraste même de sa parure élégante, qu'elle semblait porter malgré elle, rendait sa langueur encore plus touchante. Personne ne pouvait la voir ni l'entendre sans se sentir ému. La tristesse de Paul en augmenta. Marguerite, affligée

---

1. *Qui lui présageaient* : qui lui annonçaient.
2. *Apprêts* : préparatifs.
3. *Crédit* : influence.
4. *Instances* : prières.
5. *Représentations* : raisonnements.
6. *Corset* : gaine serrant la taille.

■ Illustration de J.-M. Moreau pour *Paul et Virginie*.

de la situation de son fils, lui dit en particulier : «Pourquoi, mon
1090 fils, te nourrir de fausses espérances, qui rendent les privations
encore plus amères ? Il est temps que je te découvre le secret de ta
vie et de la mienne. Mademoiselle de la Tour appartient, par sa
mère, à une parente riche et de grande condition : pour toi, tu
n'es que le fils d'une pauvre paysanne, et, qui pis est, tu es
1095 bâtard.»

Ce mot de bâtard étonna beaucoup Paul ; il ne l'avait jamais
ouï[1] prononcer ; il en demanda la signification à sa mère, qui lui
répondit : «Tu n'as point eu de père légitime. Lorsque j'étais fille,
l'amour me fit commettre une faiblesse dont tu as été le fruit. Ma
1100 faute t'a privé de ta famille paternelle, et mon repentir, de ta
famille maternelle. Infortuné, tu n'as d'autres parents que moi
seule dans le monde !» et elle se mit à répandre des larmes. Paul,
la serrant dans ses bras, lui dit : «Oh, ma mère ! puisque je n'ai
d'autres parents que vous dans le monde, je vous en aimerai
1105 davantage. Mais quel secret venez-vous de me révéler ! Je vois
maintenant la raison qui éloigne de moi mademoiselle de la Tour
depuis deux mois, et qui la décide aujourd'hui à partir. Ah ! sans
doute, elle me méprise !»

Cependant, l'heure de souper étant venue, on se mit à table,
1110 où chacun des convives, agité de passions différentes, mangea peu
et ne parla point. Virginie en sortit la première, et fut s'asseoir au
lieu où nous sommes. Paul la suivit bientôt après, et vint se mettre
auprès d'elle. L'un et l'autre gardèrent quelque temps un profond
silence. Il faisait une de ces nuits délicieuses, si communes entre les
1115 tropiques, et dont le plus habile pinceau ne rendrait pas la beauté.
La lune paraissait au milieu du firmament[2], entourée d'un rideau
de nuages que ses rayons dissipaient par degrés. Sa lumière se
répandait insensiblement sur les montagnes de l'île et sur leurs
pitons, qui brillaient d'un vert argenté. Les vents retenaient leurs

---

1. *Ouï* : entendu.
2. *Firmament* : ciel.

1120 haleines. On entendait dans les bois, au fond des vallées, au haut des rochers, de petits cris, de doux murmures d'oiseaux, qui se caressaient dans leurs nids, réjouis par la clarté de la nuit et la tranquillité de l'air. Tous, jusqu'aux insectes, bruissaient sous l'herbe. Les étoiles étincelaient au ciel, et se réfléchissaient au sein
1125 de la mer qui répétait leurs images tremblantes. Virginie parcourait avec des regards distraits son vaste et sombre horizon, distingué du rivage de l'île par les feux rouges des pêcheurs. Elle aperçut à l'entrée du port une lumière et une ombre : c'était le fanal[1] et le corps du vaisseau où elle devait s'embarquer pour
1130 l'Europe, et qui, prêt à mettre à la voile, attendait à l'ancre la fin du calme. À cette vue elle se troubla, et détourna la tête pour que Paul ne la vît pas pleurer.

Madame de la Tour, Marguerite et moi, nous étions assis à quelques pas de là sous des bananiers ; et dans le silence de la
1135 nuit nous entendîmes distinctement leur conversation, que je n'ai pas oubliée.

Paul lui dit : « Mademoiselle, vous partez, dit-on, dans trois jours. Vous ne craignez pas de vous exposer aux dangers de la mer... de la mer dont vous êtes si effrayée ! – Il faut, répondit
1140 Virginie, que j'obéisse à mes parents, à mon devoir. – Vous nous quittez, reprit Paul, pour une parente éloignée que vous n'avez jamais vue ! – Hélas ! dit Virginie, je voulais rester ici toute ma vie ; ma mère ne l'a pas voulu. Mon confesseur m'a dit que la volonté de Dieu était que je partisse ; que la vie était une épreuve... Oh !
1145 c'est une épreuve bien dure ! »

« Quoi, repartit[2] Paul, tant de raisons vous ont décidée, et aucune ne vous a retenue ! Ah ! il en est encore que vous ne me dites pas. La richesse a de grands attraits. Vous trouverez bientôt, dans un nouveau monde, à qui donner le nom de frère, que vous
1150 ne me donnez plus. Vous le choisirez, ce frère, parmi des gens

---

1. *Fanal* : lanterne placée au sommet d'un mât.
2. *Repartit* : répondit.

dignes de vous par une naissance et une fortune que je ne peux vous offrir. Mais, pour être plus heureuse, où voulez-vous aller ? Dans quelle terre aborderez-vous qui vous soit plus chère que celle où vous êtes née ? Où formerez-vous une société plus
1155 aimable que celle qui vous aime ? Comment vivrez-vous sans les caresses de votre mère, auxquelles vous êtes si accoutumée ? Que deviendra-t-elle elle-même, déjà sur l'âge, lorsqu'elle ne vous verra plus à ses côtés, à la table, dans la maison, à la promenade où elle s'appuyait sur vous ? Que deviendra la mienne, qui vous
1160 chérit autant qu'elle ? Que leur dirai-je à l'une et à l'autre quand je les verrai pleurer de votre absence ? Cruelle ! je ne vous parle point de moi : mais que deviendrai-je moi-même quand le matin je ne vous verrai plus avec nous, et que la nuit viendra sans nous réunir ; quand j'apercevrai ces deux palmiers plantés à notre nais-
1165 sance, et si longtemps témoins de notre amitié mutuelle ? Ah ! puisqu'un nouveau sort te touche, que tu cherches d'autres pays que ton pays natal, d'autres biens que ceux de mes travaux, laisse-moi t'accompagner sur le vaisseau où tu pars. Je te rassure-rai dans les tempêtes, qui te donnent tant d'effroi sur la terre. Je
1170 reposerai ta tête sur mon sein, je réchaufferai ton cœur contre mon cœur ; et en France, où tu vas chercher de la fortune et de la grandeur, je te servirai comme ton esclave. Heureux de ton seul bonheur, dans ces hôtels où je te verrai servie et adorée, je serai encore assez riche et assez noble pour te faire le plus grand des
1175 sacrifices, en mourant à tes pieds. »

Les sanglots étouffèrent sa voix, et nous entendîmes aussitôt celle de Virginie qui lui disait ces mots entrecoupés de soupirs…
« C'est pour toi que je pars,… pour toi que j'ai vu chaque jour courbé par le travail pour nourrir deux familles infirmes. Si je me
1180 suis prêtée à l'occasion de devenir riche, c'est pour te rendre mille fois le bien que tu nous as fait. Est-il une fortune digne de ton amitié ? Que me dis-tu de ta naissance ? Ah ! s'il m'était encore possible de me donner un frère, en choisirais-je un autre que toi ? Ô Paul ! Ô Paul ! tu m'es beaucoup plus cher qu'un

1185 frère ! Combien m'en a-t-il coûté pour te repousser loin de moi !
Je voulais que tu m'aidasses à me séparer de moi-même jusqu'à
ce que le ciel pût bénir notre union. Maintenant je reste, je pars,
je vis, je meurs ; fais de moi ce que tu veux. Fille sans vertu ! j'ai
pu résister à tes caresses, et je ne peux soutenir ta douleur ! »

1190 À ces mots Paul la saisit dans ses bras, et la tenant étroite-
ment serrée, il s'écria d'une voix terrible : « Je pars avec elle ; rien
ne pourra m'en détacher. » [...]

Virginie effrayée lui dit : « Ô mon ami ! j'atteste les plaisirs de
notre premier âge, tes maux, les miens, et tout ce qui doit lier à
1195 jamais deux infortunés, si je reste, de ne vivre que pour toi ; si je
pars, de revenir un jour pour être à toi. Je vous prends à témoins,
vous tous qui avez élevé mon enfance, qui disposez de ma vie et
qui voyez mes larmes. Je le jure par ce ciel qui m'entend, par cette
mer que je dois traverser, par l'air que je respire, et que je n'ai
1200 jamais souillé du mensonge. »

Comme le soleil fond et précipite un rocher de glace du sommet des Apennins [1], ainsi tomba la colère impétueuse de ce jeune
homme à la voix de l'objet aimé. Sa tête altière [2] était baissée, et
un torrent de pleurs coulait de ses yeux. Sa mère, mêlant ses
1205 larmes aux siennes, le tenait embrassé sans pouvoir parler.
Madame de la Tour, hors d'elle, me dit : « Je n'y puis tenir ; mon
âme est déchirée. Ce malheureux voyage n'aura pas lieu. Mon
voisin, tâchez d'emmener mon fils. Il y a huit jours que personne
ici n'a dormi. »

1210 Je dis à Paul : « Mon ami, votre sœur restera. Demain nous en
parlerons au gouverneur : laissez reposer votre famille, et venez
passer cette nuit chez moi. Il est tard, il est minuit ; la croix du
Sud [3] est droite sur l'horizon. »

Il se laissa emmener sans rien dire, et après une nuit fort agitée,
1215 il se leva au point du jour, et s'en retourna à son habitation.

---

1. *Apennins* : montagnes d'Italie.
2. *Altière* : noble.
3. *Croix du Sud* : constellation.

Mais qu'est-il besoin de vous continuer plus longtemps le récit de cette histoire ? Il n'y a jamais qu'un côté agréable à connaître dans la vie humaine. Semblable au globe sur lequel nous tournons, notre révolution rapide n'est que d'un jour, et une partie de ce jour ne peut recevoir la lumière que l'autre ne soit livrée aux ténèbres.

«Mon père, lui dis-je, je vous en conjure, achevez de me raconter ce que vous avez commencé d'une manière si touchante. Les images du bonheur nous plaisent, mais celles du malheur nous instruisent. Que devint, je vous prie, l'infortuné Paul ?»

Le premier objet que vit Paul, en retournant à l'habitation, fut la négresse [1] Marie, qui, montée sur un rocher, regardait vers la pleine mer. Il lui cria du plus loin qu'il l'aperçut : «Où est Virginie ?» Marie tourna la tête vers son jeune maître, et se mit à pleurer. Paul, hors de lui, revint sur ses pas, et courut au port. Il y apprit que Virginie s'était embarquée au point du jour, que son vaisseau avait mis à la voile aussitôt, et qu'on ne le voyait plus. Il revint à l'habitation, qu'il traversa sans parler à personne. [...]

Son premier mouvement, en revoyant madame de la Tour, fut de se plaindre amèrement qu'elle l'avait trompé. Madame de la Tour nous dit que le vent s'étant levé vers les trois heures du matin, le vaisseau étant au moment d'appareiller [2], le gouverneur, suivi d'une partie de son état-major et du missionnaire, était venu chercher Virginie en palanquin [3] ; et que, malgré ses propres raisons, ses larmes, et celles de Marguerite, tout le monde criant que c'était pour leur bien à tous, ils avaient emmené sa fille à demi mourante. «Au moins, répondit Paul, si je lui avais fait mes adieux, je serais tranquille à présent. Je lui aurais dit : Virginie, si pendant le temps que nous avons vécu ensemble, il m'est échappé quelque parole qui vous ait offensée, avant de me quitter pour

---

1. *Négresse* : voir la note 4, p. 34.
2. *Au moment d'appareiller* : sur le point de partir.
3. *Palanquin* : chaise ou litière portée à bras d'homme.

jamais, dites-moi que vous me la pardonnez. Je lui aurais dit : Puisque je ne suis plus destiné à vous revoir, adieu, ma chère Virginie ! adieu ! Vivez loin de moi contente et heureuse ! » Et comme il vit que sa mère et madame de la Tour pleuraient : « Cher-
1250 chez maintenant, leur dit-il, quelque autre que moi qui essuie vos larmes ! » puis il s'éloigna d'elles en gémissant, et se mit à errer çà et là dans l'habitation. [...]

Bientôt ce jeune homme, indifférent comme un Créole[1] pour tout ce qui se passe dans le monde, me pria de lui apprendre à
1255 lire et à écrire, afin qu'il pût entretenir une correspondance avec Virginie. Il voulut ensuite s'instruire dans la géographie pour se faire une idée du pays où elle débarquerait ; et dans l'histoire, pour connaître les mœurs de la société où elle allait vivre. Ainsi il s'était perfectionné dans l'agriculture, et dans l'art de disposer
1260 avec agrément le terrain le plus irrégulier, par le sentiment de l'amour. Sans doute c'est aux jouissances que se propose cette passion ardente et inquiète que les hommes doivent la plupart des sciences et des arts, et c'est de ses privations qu'est née la philosophie, qui apprend à se consoler de tout. Ainsi la nature
1265 ayant fait l'amour le lien de tous les êtres, l'a rendu le premier mobile de nos sociétés, et l'instigateur de nos lumières et de nos plaisirs.

Paul ne trouva pas beaucoup de goût dans l'étude de la géo-graphie, qui, au lieu de nous décrire la nature de chaque pays, ne
1270 nous en présente que les divisions politiques. L'histoire, et sur-tout l'histoire moderne, ne l'intéressa guère davantage. Il n'y voyait que des malheurs généraux et périodiques, dont il n'aper-cevait pas les causes ; des guerres sans sujet et sans objet ; des intrigues obscures ; des nations sans caractère, et des princes
1275 sans humanité. Il préférait à cette lecture celle des romans, qui, s'occupant davantage des sentiments et des intérêts des hommes, lui offraient quelquefois des situations pareilles à la sienne. Aussi

---

1. *Créole* : voir la note 3, p. 43.

aucun livre ne lui fit autant de plaisir que le *Télémaque*[1], par ses tableaux de la vie champêtre et des passions naturelles au cœur humain. Il en lisait à sa mère et à madame de la Tour les endroits qui l'affectaient davantage : alors ému par de touchants ressouvenirs, sa voix s'étouffait, et les larmes coulaient de ses yeux. Il lui semblait trouver dans Virginie la dignité et la sagesse d'Antiope[2], avec les malheurs et la tendresse d'Eucharis[3]. D'un autre côté il fut tout bouleversé par la lecture de nos romans à la mode, pleins de mœurs et de maximes licencieuses[4] ; et quand il sut que ces romans renfermaient une peinture véritable des sociétés de l'Europe, il craignit, non sans quelque apparence de raison, que Virginie ne vînt à s'y corrompre et à l'oublier.

En effet plus d'un an et demi s'était écoulé sans que madame de la Tour eût des nouvelles de sa tante et de sa fille : seulement elle avait appris, par une voie étrangère, que celle-ci était arrivée heureusement en France. Enfin elle reçut, par un vaisseau qui allait aux Indes, un paquet, et une lettre écrite de la propre main de Virginie. Malgré la circonspection[5] de son aimable et indulgente fille, elle jugea qu'elle était fort malheureuse. Cette lettre peignait si bien sa situation et son caractère, que je l'ai retenue presque mot pour mot.

« Très chère et bien-aimée maman,

« Je vous ai déjà écrit plusieurs lettres de mon écriture ; et comme je n'en ai pas eu de réponse, j'ai lieu de craindre qu'elles ne vous soient point parvenues. J'espère mieux de celle-ci, par les

---

1. *Télémaque* : roman d'éducation de Fénelon (1651-1715), *Les Aventures de Télémaque* (1699) se présentent comme une suite de *L'Odyssée* d'Homère et racontent comment le jeune fils d'Ulysse, guidé par un vertueux précepteur nommé Mentor, fait l'expérience de la vie.

2. *Antiope* : héroïne de la mythologie grecque ; amazone, fille d'Arès.

3. *Eucharis* : nymphe dont Télémaque tomba amoureux.

4. *Licencieuses* : libertines, de mœurs légères. Allusion aux romans contemporains de Rétif de la Bretonne et de Choderlos de Laclos.

5. *Circonspection* : retenue.

précautions que j'ai prises pour vous donner de mes nouvelles, et pour recevoir des vôtres.

1305 « J'ai versé bien des larmes depuis notre séparation, moi qui n'avais presque jamais pleuré que sur les maux d'autrui ! Ma grand-tante fut bien surprise à mon arrivée, lorsque m'ayant questionnée sur mes talents, je lui dis que je ne savais ni lire ni écrire. Elle me demanda qu'est-ce que j'avais donc appris depuis que 1310 j'étais au monde ; et quand je lui eus répondu que c'était à avoir soin d'un ménage et à faire votre volonté, elle me dit que j'avais reçu l'éducation d'une servante. Elle me mit, dès le lendemain, en pension dans une grande abbaye auprès de Paris, où j'ai des maîtres de toute espèce ; ils m'enseignent, entre autres choses, 1315 l'histoire, la géographie, la grammaire, la mathématique, et à monter à cheval ; mais j'ai de si faibles dispositions pour toutes ces sciences, que je ne profiterai pas beaucoup avec ces messieurs. Je sens que je suis une pauvre créature qui ai peu d'esprit, comme ils le font entendre. Cependant les bontés de ma tante ne se refroi- 1320 dissent point. Elle me donne des robes nouvelles à chaque saison. Elle a mis près de moi deux femmes de chambre, qui sont aussi bien parées que de grandes dames. Elle m'a fait prendre le titre de comtesse ; mais elle m'a fait quitter mon nom de LA TOUR, qui m'était aussi cher qu'à vous-même, par tout ce que vous m'avez 1325 raconté des peines que mon père avait souffertes pour vous épou- ser. Elle a remplacé votre nom de femme par celui de votre famille, qui m'est encore cher cependant, parce qu'il a été votre nom de fille. Me voyant dans une situation aussi brillante, je l'ai suppliée de vous envoyer quelques secours. Comment vous rendre sa 1330 réponse ? mais vous m'avez recommandé de vous dire toujours la vérité. Elle m'a donc répondu que peu ne vous servirait à rien, et que, dans la vie simple que vous menez, beaucoup vous embar- rasserait. J'ai cherché d'abord à vous donner de mes nouvelles par une main étrangère, au défaut de la mienne. Mais n'ayant à mon 1335 arrivée ici personne en qui je pusse prendre confiance, je me suis appliquée nuit et jour à apprendre à lire et à écrire : Dieu m'a fait la grâce d'en venir à bout en peu de temps. J'ai chargé de l'envoi de mes premières lettres les dames qui sont autour de moi ; j'ai lieu de croire qu'elles les ont remises à ma grand-tante. Cette fois j'ai eu recours à une pensionnaire de mes amies : c'est sous son adresse ci-jointe que je vous prie de me faire passer vos réponses. Ma grand-tante m'a interdit toute correspondance au-dehors, qui pourrait, selon elle, mettre obstacle aux grandes vues qu'elle a sur moi. Il n'y a qu'elle qui puisse me voir à la grille, ainsi qu'un vieux seigneur de ses amis, qui a, dit-elle, beaucoup de goût pour ma personne. Pour dire la vérité, je n'en ai point du tout pour lui, quand même j'en pourrais prendre pour quelqu'un.

« Je vis au milieu de l'éclat de la fortune, et je ne peux disposer d'un sou. On dit que si j'avais de l'argent cela tirerait à conséquence. Mes robes mêmes appartiennent à mes femmes de chambre, qui se les disputent avant que je les aie quittées. Au sein des richesses je suis bien plus pauvre que je ne l'étais auprès de vous ; car je n'ai rien à donner. Lorsque j'ai vu que les grands talents que l'on m'enseignait ne me procuraient pas la facilité de faire le plus petit bien, j'ai eu recours à mon aiguille, dont heureusement vous m'avez appris à faire usage. Je vous envoie donc plusieurs paires de bas de ma façon, pour vous et maman Marguerite, un bonnet pour Domingue, et un de mes mouchoirs rouges pour Marie. Je joins à ce paquet des pépins et des noyaux des fruits de mes collations [1], avec des graines de toutes sortes d'arbres que j'ai recueillies, à mes heures de récréation, dans le parc de l'abbaye. […] Je suis sûre que vous et maman Marguerite serez plus contentes de ce sac de graines que du sac de piastres qui a été la cause de notre séparation et de mes larmes. Ce sera une grande joie pour moi si vous avez un jour la satisfaction de voir des pommes croître auprès de nos bananiers, et des hêtres mêler leurs feuillages à celui de nos cocotiers. Vous vous croirez dans la Normandie, que vous aimez tant.

----

1. *Collations* : repas.

«Vous m'avez enjoint[1] de vous mander[2] mes joies et mes
peines. Je n'ai plus de joies loin de vous : pour mes peines, je les
adoucis en pensant que je suis dans un poste où vous m'avez
mise par la volonté de Dieu. Mais le plus grand chagrin que j'y
éprouve est que personne ne me parle ici de vous, et que je n'en
puis parler à personne. Mes femmes de chambre, ou plutôt celles
de ma grand-tante, car elles sont plus à elle qu'à moi, me disent,
lorsque je cherche à amener la conversation sur les objets qui me
sont si chers : Mademoiselle, souvenez-vous que vous êtes française, et que vous devez oublier le pays des sauvages. Ah ! je
m'oublierais plutôt moi-même que d'oublier le lieu où je suis
née, et où vous vivez ! C'est ce pays-ci qui est pour moi un pays
de sauvages ; car j'y vis seule, n'ayant personne à qui je puisse
faire part de l'amour que vous portera jusqu'au tombeau,

«Très chère et bien aimée maman,

Votre obéissante et tendre fille,

VIRGINIE DE LA TOUR. »

«Je recommande à vos bontés Marie et Domingue, qui ont
pris tant de soin de mon enfance ; caressez pour moi Fidèle, qui
m'a retrouvée dans les bois[3]. »

Paul fut bien étonné de ce que Virginie ne parlait pas du tout
de lui, elle qui n'avait pas oublié, dans ses ressouvenirs, le chien
de la maison : mais il ne savait pas que, quelque longue que soit
la lettre d'une femme, elle n'y met jamais sa pensée la plus chère
qu'à la fin.

Dans un post-scriptum Virginie recommandait particulièrement à Paul deux espèces de graines : celles de violettes et de
scabieuses[4]. Elle lui donnait quelques instructions sur les carac-
tères de ces plantes, et sur les lieux les plus propres à les semer.

---

1. _Vous m'avez enjoint_ : vous m'avez priée.

2. _Mander_ : voir la note 2, p. 45.

3. Alors que Virginie s'y était égarée.

4. _Scabieuses_ : plantes herbacées.

« La violette, lui mandait-elle, produit une petite fleur d'un violet foncé, qui aime à se cacher sous les buissons ; mais son charmant parfum l'y fait bientôt découvrir. » Elle lui enjoignait de la semer sur le bord de la fontaine, au pied de son cocotier. « La scabieuse, ajoutait-elle, donne une jolie fleur d'un bleu mourant, et à fond noir piqueté de blanc. On la croirait en deuil. On l'appelle aussi, pour cette raison, fleur de veuve. Elle se plaît dans les lieux âpres et battus des vents. » Elle le priait de la semer sur le rocher où elle lui avait parlé la nuit, la dernière fois, et de donner à ce rocher, pour l'amour d'elle, le nom de ROCHER DES ADIEUX.

Elle avait renfermé ces semences dans une petite bourse dont le tissu était fort simple, mais qui parut sans prix à Paul lorsqu'il aperçut un P et un V entrelacés et formés de cheveux, qu'il reconnut à leur beauté pour être ceux de Virginie.

La lettre de cette sensible et vertueuse demoiselle fit verser des larmes à toute la famille. Sa mère lui répondit, au nom de la société, de rester ou de revenir à son gré, l'assurant qu'ils avaient tous perdu la meilleure partie de leur bonheur depuis son départ, et que pour elle en particulier elle en était inconsolable.

Paul lui écrivit une lettre fort longue où il l'assurait qu'il allait rendre le jardin digne d'elle, et y mêler les plantes de l'Europe à celles de l'Afrique, ainsi qu'elle avait entrelacé leurs noms dans son ouvrage. Il lui envoyait des fruits des cocotiers de sa fontaine, parvenus à une maturité parfaite. Il n'y joignait, ajoutait-il, aucune autre semence de l'île, afin que le désir d'en revoir les productions la déterminât à y revenir promptement. Il la suppliait de se rendre au plus tôt aux vœux [1] ardents de leur famille, et aux siens particuliers, puisqu'il ne pouvait désormais goûter aucune joie loin d'elle.

Paul sema avec le plus grand soin les graines européennes, et surtout celles de violettes et de scabieuses, dont les fleurs semblaient avoir quelque analogie avec le caractère et la situation de Virginie, qui les lui avait si particulièrement recommandées ; mais,

---

1. *Vœux* : souhaits.

1430 soit qu'elles eussent été éventées dans le trajet, soit plutôt que le climat de cette partie de l'Afrique ne leur soit pas favorable, il n'en germa qu'un petit nombre, qui ne put venir à sa perfection.

Cependant l'envie, qui va même au-devant du bonheur des hommes, surtout dans les colonies françaises, répandit dans l'île 1435 des bruits qui donnaient beaucoup d'inquiétude à Paul. Les gens du vaisseau qui avait apporté la lettre de Virginie assuraient qu'elle était sur le point de se marier : ils nommaient le seigneur de la cour qui devait l'épouser ; quelques-uns même disaient que la chose était faite et qu'ils en avaient été témoins. D'abord Paul méprisa 1440 des nouvelles apportées par un vaisseau de commerce, qui en répand souvent de fausses sur les lieux de son passage. Mais comme plusieurs habitants de l'île, par une pitié perfide, s'empressaient de le plaindre de cet événement, il commença à y ajouter quelque croyance. D'ailleurs dans quelques-uns des romans qu'il 1445 avait lus il voyait la trahison traitée de plaisanterie ; et comme il savait que ces livres renfermaient des peintures assez fidèles des mœurs de l'Europe, il craignit que la fille de madame de la Tour ne vînt à s'y corrompre, et à oublier ses anciens engagements. Ses lumières [1] le rendaient déjà malheureux. Ce qui acheva d'augmen- 1450 ter ses craintes, c'est que plusieurs vaisseaux d'Europe arrivèrent ici depuis, dans l'espace de six mois, sans qu'aucun d'eux appor- tât des nouvelles de Virginie.

Cet infortuné jeune homme, livré à toutes les agitations de son cœur, venait me voir souvent, pour confirmer ou pour bannir 1455 ses inquiétudes par mon expérience du monde. [...] J'eus avec lui une conversation que je vais vous rapporter, si je ne vous suis point trop ennuyeux par mes longues digressions [2], pardonnables à mon âge et à mes dernières amitiés. Je vous la raconterai en forme de dialogue, afin que vous jugiez du bon sens naturel de ce 1460 jeune homme ; et il vous sera aisé de faire la différence des inter- locuteurs par le sens de ses questions et de mes réponses.

---

1. *Lumières* : voir la note 1, p. 59.
2. *Digressions* : parenthèses.

Il me dit :

« Je suis bien chagrin. Mademoiselle de la Tour est partie depuis deux ans et deux mois ; et depuis huit mois et demi elle ne nous a
1465 pas donné de ses nouvelles. Elle est riche ; je suis pauvre : elle m'a oublié. J'ai envie de m'embarquer : j'irai en France, j'y servirai le roi, j'y ferai fortune ; et la grand-tante de mademoiselle de la Tour me donnera sa petite-nièce en mariage, quand je serai devenu un grand seigneur.

LE VIEILLARD

1470   Oh mon ami ! ne m'avez-vous pas dit que vous n'aviez pas de naissance ?

PAUL

Ma mère me l'a dit ; car pour moi je ne sais ce que c'est que la naissance. Je ne me suis jamais aperçu que j'en eusse moins qu'un autre, ni que les autres en eussent plus que moi.

LE VIEILLARD

1475   Le défaut de naissance vous ferme en France le chemin aux grands emplois. Il y a plus : vous ne pouvez même être admis dans aucun Corps [1] distingué.

PAUL

Vous m'avez dit plusieurs fois qu'une des causes de la grandeur de la France était que le moindre sujet pouvait y parvenir à tout, et
1480 vous m'avez cité beaucoup d'hommes célèbres qui, sortis de petits états [2], avaient fait honneur à leur patrie. Vous vouliez donc tromper mon courage ?

LE VIEILLARD

Mon fils, jamais je ne l'abattrai. Je vous ai dit la vérité sur les temps passés ; mais les choses sont bien changées à présent : tout

---

1. *Corps* : groupe institutionnel (la diplomatie, la justice, etc.).
2. *États* : milieux sociaux.

est devenu vénal[1] en France ; tout y est aujourd'hui le patrimoine d'un petit nombre de familles, ou le partage des Corps. Le roi est un soleil que les grands et les Corps environnent comme des nuages ; il est presque impossible qu'un de ses rayons tombe sur vous. Autrefois, dans une administration moins compliquée, on a vu ces phénomènes. Alors les talents et le mérite se sont développés de toutes parts, comme des terres nouvelles qui, venant à être défrichées, produisent avec tout leur suc. Mais les grands rois qui savent connaître les hommes et les choisir, sont rares. Le vulgaire des rois ne se laisse aller qu'aux impulsions des grands et des Corps qui les environnent.

PAUL

Mais je trouverai peut-être un de ces grands qui me protégera ?

LE VIEILLARD

Pour être protégé des grands il faut servir leur ambition ou leurs plaisirs. Vous n'y réussirez jamais, car vous êtes sans naissance, et vous avez de la probité[2]. […]

PAUL

Quel pays que l'Europe ! Oh ! il faut que Virginie revienne ici. Qu'a-t-elle besoin d'avoir une parente riche ? Elle était si contente sous ces cabanes, si jolie et si bien parée avec un mouchoir rouge ou des fleurs autour de sa tête. Reviens, Virginie ! quitte tes hôtels[3] et tes grandeurs. Reviens dans ces rochers, à l'ombre de ces bois et de nos cocotiers. Hélas ! tu es peut-être maintenant malheureuse !… […]

Mais croyez-vous les femmes d'Europe fausses[4] comme on les représente dans les comédies et dans les livres que vous m'avez prêtés ?

---

1. *Vénal* : à vendre, corrompu par l'argent.
2. *Probité* : honnêteté.
3. *Hôtels* : hôtels particuliers.
4. *Fausses* : menteuses, sans sincérité.

LE VIEILLARD

1510 Les femmes sont fausses dans les pays où les hommes sont tyrans. Partout la violence produit la ruse.

PAUL

Comment peut-on être tyran des femmes ?

LE VIEILLARD

En les mariant sans les consulter, une jeune fille avec un vieillard, une femme sensible avec un homme indifférent.

PAUL

1515 Pourquoi ne pas marier ensemble ceux qui se conviennent, les jeunes avec les jeunes, les amants avec les amantes ?

LE VIEILLARD

C'est que la plupart des jeunes gens, en France, n'ont pas assez de fortune pour se marier, et qu'ils n'en acquièrent qu'en devenant vieux. Jeunes, ils corrompent les femmes de leurs voisins ; vieux, ils
1520 ne peuvent fixer l'affection de leurs épouses. Ils ont trompé, étant jeunes ; on les trompe à leur tour, étant vieux. C'est une des réactions de la justice universelle qui gouverne le monde. Un excès y balance toujours un autre excès. Ainsi la plupart des Européens passent leur vie dans ce double désordre, et ce désordre augmente
1525 dans une société à mesure que les richesses s'y accumulent sur un moindre nombre de têtes. L'État est semblable à un jardin, où les petits arbres ne peuvent venir s'il y en a de trop grands qui les ombragent ; mais il y a cette différence que la beauté d'un jardin peut résulter d'un petit nombre de grands arbres, et que la prospé-
1530 rité d'un État dépend toujours de la multitude et de l'égalité des sujets, et non pas d'un petit nombre de riches.

PAUL

Mais qu'est-il besoin d'être riche pour se marier ?

LE VIEILLARD

Afin de passer ses jours dans l'abondance sans rien faire.

PAUL

Et pourquoi ne pas travailler ? Je travaille bien, moi.

LE VIEILLARD

1535　C'est qu'en Europe le travail des mains déshonore. On l'appelle travail mécanique. Celui même de labourer la terre y est le plus méprisé de tous. Un artisan y est bien plus estimé qu'un paysan.

PAUL

Quoi ! l'art qui nourrit les hommes est méprisé en Europe ! Je
1540　ne vous comprends pas.

LE VIEILLARD

Oh ! il n'est pas possible à un homme élevé dans la nature de comprendre les dépravations [1] de la société. On se fait une idée précise de l'ordre, mais non pas du désordre. La beauté, la vertu, le bonheur, ont des proportions ; la laideur, le vice, et le malheur,
1545　n'en ont point.

PAUL

Les gens riches sont donc bien heureux ! ils ne trouvent d'obstacles à rien ; ils peuvent combler de plaisirs les objets qu'ils aiment.

LE VIEILLARD

Ils sont la plupart usés sur tous les plaisirs, par cela même qu'ils ne leur coûtent aucunes peines. N'avez-vous pas éprouvé
1550　que le plaisir du repos s'achète par la fatigue ; celui de manger, par la faim ; celui de boire, par la soif ? Eh bien ! celui d'aimer et d'être aimé ne s'acquiert que par une multitude de privations et de sacrifices. Les richesses ôtent aux riches tous ces plaisirs-là en prévenant leurs besoins. Joignez à l'ennui qui suit leur satiété [2],
1555　l'orgueil qui naît de leur opulence [3], et que la moindre privation

---

1. *Dépravations* : perversions, vices.
2. *Satiété* : assouvissement des besoins.
3. *Opulence* : richesse.

blesse lors même que les plus grandes jouissances ne le flattent plus. Le parfum de mille roses ne plaît qu'un instant ; mais la douleur que cause une seule de leurs épines dure longtemps après sa piqûre. Un mal au milieu des plaisirs est pour les riches une
1560 épine au milieu des fleurs. Pour les pauvres, au contraire, un plaisir au milieu des maux est une fleur au milieu des épines ; ils en goûtent vivement la jouissance. Tout effet augmente par son contraste. La nature a tout balancé. Quel état, à tout prendre, croyez-vous préférable, de n'avoir presque rien à espérer et tout à
1565 craindre, ou presque rien à craindre et tout à espérer ? Le premier état est celui des riches, et le second celui des pauvres. Mais ces extrêmes sont également difficiles à supporter aux hommes dont le bonheur consiste dans la médiocrité et la vertu.

PAUL

Qu'entendez-vous par la vertu ?

LE VIEILLARD

1570 Mon fils ! vous qui soutenez vos parents par vos travaux, vous n'avez pas besoin qu'on vous la définisse. La vertu est un effort fait sur nous-mêmes pour le bien d'autrui dans l'intention de plaire à Dieu seul.

PAUL

Oh ! que Virginie est vertueuse ! C'est par vertu qu'elle a voulu
1575 être riche, afin d'être bienfaisante. C'est par vertu qu'elle est partie de cette île : la vertu l'y ramènera. »

L'idée de son retour prochain allumant l'imagination de ce jeune homme, toutes ses inquiétudes s'évanouissaient. Virginie n'avait point écrit, parce qu'elle allait arriver. Il fallait si peu de
1580 temps pour venir d'Europe avec un bon vent ! Il faisait l'énumération des vaisseaux qui avaient fait ce trajet de quatre mille cinq cents lieues [1] en moins de trois mois. Le vaisseau où elle s'était embarquée n'en mettrait pas plus de deux : les constructeurs

---

1. Cinq cents lieues : voir la note 1, p. 37.

étaient aujourd'hui si savants, et les marins si habiles ! Il parlait
1585 des arrangements qu'il allait faire pour la recevoir, du nouveau
logement qu'il allait bâtir, des plaisirs et des surprises qu'il lui
ménagerait chaque jour quand elle serait sa femme. Sa femme !...
cette idée le ravissait. [...]

L'idée du retour prochain de Virginie renouvelait le courage
1590 de Paul, et le ramenait à ses occupations champêtres. Heureux au
milieu de ses peines de proposer à son travail une fin qui plaisait
à sa passion !

Un matin, au point du jour (c'était le 24 décembre 1744),
Paul, en se levant, aperçut un pavillon[1] blanc arboré[2] sur la
1595 montagne de la Découverte. Ce pavillon était le signalement d'un
vaisseau qu'on voyait en mer. Paul courut à la ville pour savoir s'il
n'apportait pas des nouvelles de Virginie. Il y resta jusqu'au retour
du pilote du port[3], qui s'était embarqué pour aller le reconnaître,
suivant l'usage. Cet homme ne revint que le soir. Il rapporta au
1600 gouverneur que le vaisseau signalé était le *Saint-Géran*, du port de
700 tonneaux[4], commandé par un capitaine appelé M. Aubin ;
qu'il était à quatre lieues[5] au large, et qu'il ne mouillerait[6] au
Port-Louis que le lendemain dans l'après-midi, si le vent était
favorable. Il n'en faisait point du tout alors. Le pilote remit au
1605 gouverneur les lettres que ce vaisseau apportait de France. Il y en
avait une pour madame de la Tour, de l'écriture de Virginie. Paul
s'en saisit aussitôt, la baisa avec transport[7], la mit dans son sein,
et courut à l'habitation. Du plus loin qu'il aperçut la famille, qui
attendait son retour sur le rocher des Adieux, il éleva la lettre en

---

1. *Pavillon* : drapeau.
2. *Arboré* : dressé.
3. *Pilote du port* : marin qui aide les capitaines à manœuvrer à l'intérieur du
port.
4. *Tonneaux* : unités de volume utilisées dans la marine.
5. *Quatre lieues* : voir la note 1, p. 37.
6. *Mouillerait* : jetterait l'ancre.
7. *Transport* : enthousiasme.

1610 l'air sans pouvoir parler; et aussitôt tout le monde se rassembla chez madame de la Tour pour en entendre la lecture. Virginie mandait[1] à sa mère qu'elle avait éprouvé beaucoup de mauvais procédés[2] de la part de sa grand-tante, qui l'avait voulu marier malgré elle, ensuite déshéritée, et enfin renvoyée dans un temps
1615 qui ne lui permettait d'arriver à l'Île-de-France que dans la saison des ouragans; qu'elle avait essayé en vain de la fléchir, en lui représentant ce qu'elle devait à sa mère et aux habitudes du premier âge; qu'elle en avait été traitée de fille insensée dont la tête était gâtée par les romans; qu'elle n'était maintenant sensible
1620 qu'au bonheur de revoir et d'embrasser sa chère famille, et qu'elle eût satisfait cet ardent désir dès le jour même, si le capitaine lui eût permis de s'embarquer dans la chaloupe du pilote; mais qu'il s'était opposé à son départ à cause de l'éloignement de la terre, et d'une grosse mer qui régnait au large, malgré le calme des vents.

1625   À peine cette lettre fut lue que toute la famille, transportée de joie, s'écria: «Virginie est arrivée!» Maîtresse et serviteurs, tous s'embrassèrent. Madame de la Tour dit à Paul: «Mon fils, allez prévenir notre voisin de l'arrivée de Virginie.» Aussitôt Domingue alluma un flambeau de bois de ronde, et Paul et lui s'acheminèrent
1630 vers mon habitation.

  Il pouvait être dix heures du soir. Je venais d'éteindre ma lampe et de me coucher, lorsque j'aperçus à travers les palissades de ma cabane une lumière dans les bois. Bientôt après j'entendis la voix de Paul qui m'appelait. Je me lève; et à peine j'étais habillé que
1635 Paul, hors de lui et tout essoufflé, me saute au cou en me disant: «Allons, allons, Virginie est arrivée. Allons au port, le vaisseau y mouillera au point du jour.»

  Sur-le-champ nous nous mettons en route. Comme nous traversions les bois de la Montagne-Longue, et que nous étions déjà
1640 sur le chemin qui mène des Pamplemousses au port, j'entendis

---

1. *Mandait*: voir la note 2, p. 45.
2. *Procédés*: pratiques, actes.

quelqu'un marcher derrière nous. C'était un noir qui s'avançait à grands pas. Dès qu'il nous eut atteints je lui demandai d'où il venait, et où il allait en si grande hâte. Il me répondit : « Je viens du quartier de l'île appelé la Poudre-d'or : on m'envoie au port
1645 avertir le gouverneur qu'un vaisseau de France est mouillé sous l'île d'Ambre. Il tire du canon pour demander du secours, car la mer est bien mauvaise. » Cet homme ayant ainsi parlé continua sa route sans s'arrêter davantage.

Je dis alors à Paul : « Allons vers le quartier de la Poudre-d'or,
1650 au-devant de Virginie ; il n'y a que trois lieues d'ici. » Nous nous mîmes donc en route vers le nord de l'île. Il faisait une chaleur étouffante. La lune était levée ; on voyait autour d'elle trois grands cercles noirs. Le ciel était d'une obscurité affreuse. On distinguait, à la lueur fréquente des éclairs, de longues files de nuages épais,
1655 sombres, peu élevés, qui s'entassaient vers le milieu de l'île, et venaient de la mer avec une grande vitesse, quoiqu'on ne sentît pas le moindre vent à terre. Chemin faisant nous crûmes entendre rouler le tonnerre ; mais ayant prêté l'oreille attentivement nous reconnûmes que c'étaient des coups de canon répétés par les
1660 échos. Ces coups de canon lointains, joints à l'aspect d'un ciel orageux, me firent frémir. Je ne pouvais douter qu'ils ne fussent les signaux de détresse d'un vaisseau en perdition. Une demi-heure après nous n'entendîmes plus tirer du tout ; et ce silence me parut encore plus effrayant que le bruit lugubre qui l'avait précédé.
1665 Nous nous hâtions d'avancer sans dire un mot, et sans oser nous communiquer nos inquiétudes. Vers minuit nous arrivâmes tout en nage sur le bord de la mer, au quartier de la Poudre-d'or. Les flots s'y brisaient avec un bruit épouvantable ; ils en couvraient les rochers et les grèves [1] d'écume d'un blanc éblouissant et d'étin-
1670 celles de feu. Malgré les ténèbres nous distinguâmes, à ces lueurs phosphoriques [2], les pirogues des pêcheurs qu'on avait tirées bien avant sur le sable. [...]

---

1. *Grèves* : rivages.
2. *Phosphoriques* : qui brillent comme du phosphore.

Nous restâmes là jusqu'au petit point du jour ; mais il faisait trop peu de clarté au ciel pour qu'on pût distinguer aucun objet sur la mer, qui d'ailleurs était couverte de brume : nous n'entrevîmes au large qu'un nuage sombre, qu'on nous dit être l'île d'Ambre, située à un quart de lieue de la côte. On n'apercevait dans ce jour ténébreux que la pointe du rivage où nous étions, et quelques pitons des montagnes de l'intérieur de l'île, qui apparaissaient de temps en temps au milieu des nuages qui circulaient autour.

Vers les sept heures du matin nous entendîmes dans les bois un bruit de tambours : c'était le gouverneur, M. de la Bourdonnais, qui arrivait à cheval, suivi d'un détachement [1] de soldats armés de fusils, et d'un grand nombre d'habitants et de noirs. Il plaça ses soldats sur le rivage, et leur ordonna de faire feu de leurs armes tous à la fois. À peine leur décharge fut faite que nous aperçûmes sur la mer une lueur, suivie presque aussitôt d'un coup de canon. Nous jugeâmes que le vaisseau était à peu de distance de nous, et nous courûmes tous du côté où nous avions vu son signal. Nous aperçûmes alors, à travers le brouillard, le corps et les vergues [2] d'un grand vaisseau. Nous en étions si près que, malgré le bruit des flots, nous entendîmes le sifflet du maître qui commandait la manœuvre, et les cris des matelots, qui crièrent trois fois Vive le Roi ! car c'est le cri des Français dans les dangers extrêmes, ainsi que dans les grandes joies : comme si, dans les dangers, ils appelaient leur prince à leur secours, ou comme s'ils voulaient témoigner alors qu'ils sont prêts à périr pour lui.

Depuis le moment où le *Saint-Géran* [3] aperçut que nous étions à portée de le secourir, il ne cessa de tirer du canon de

---

1. *Détachement* : petite troupe.
2. *Vergues* : pièces de bois fixées au mat et servant à maintenir les voiles d'un navire.
3. La catastrophe du *Saint-Géran* n'est pas inventée. Elle a réellement eu lieu à l'endroit décrit, le 17 août 1744, à trois heures du matin. Le vaisseau transportait deux cent dix-sept personnes.

trois minutes en trois minutes. M. de la Bourdonnais fit allumer de grands feux de distance en distance sur la grève, et envoya chez tous les habitants du voisinage chercher des vivres, des planches, des câbles, et des tonneaux vides. On en vit arriver 1705 bientôt une foule, accompagnés de leurs noirs chargés de provisions et d'agrès[1], qui venaient des habitations de la Poudre-d'or, du quartier de Flacque, et de la rivière du Rempart. Un des plus anciens de ces habitants s'approcha du gouverneur, et lui dit: «Monsieur, on a entendu toute la nuit des bruits sourds dans la 1710 montagne; dans les bois les feuilles des arbres remuent sans qu'il fasse de vent; les oiseaux de marine se réfugient à terre: certainement tous ces signes annoncent un ouragan. – Eh bien! mes amis, répondit le gouverneur, nous y sommes préparés, et sûrement le vaisseau l'est aussi.»

1715   En effet tout présageait l'arrivée prochaine d'un ouragan. Les nuages qu'on distinguait au zénith étaient à leur centre d'un noir affreux, et cuivrés sur leurs bords. L'air retentissait des cris des paille-en-cul, des frégates, des coupeurs d'eau, et d'une multitude d'oiseaux de marine, qui, malgré l'obscurité de l'atmosphère, 1720 venaient de tous les points de l'horizon chercher des retraites dans l'île.

Vers les neuf heures du matin on entendit du côté de la mer des bruits épouvantables, comme si des torrents d'eau, mêlés à des tonnerres, eussent roulé du haut des montagnes. Tout le 1725 monde s'écria: «Voilà l'ouragan!» et dans l'instant un tourbillon affreux de vent enleva la brume qui couvrait l'île d'Ambre et son canal. Le *Saint-Géran* parut alors à découvert avec son pont chargé de monde, ses vergues et ses mâts de hune[2] amenés sur le tillac[3], son pavillon en berne[4], quatre câbles sur son avant, et un 1730 de retenue sur son arrière. Il était mouillé entre l'île d'Ambre et la

---

1. *Agrès*: cordages.
2. *Mâts de hune*: parties supérieures de chacun des trois mâts.
3. *Tillac*: pont supérieur d'un navire.
4. *En berne*: hissé à mi-hauteur en signe de détresse ou de deuil.

terre, en deçà de la ceinture de récifs qui entoure l'Île-de-France, et qu'il avait franchie par un endroit où jamais vaisseau n'avait passé avant lui. Il présentait son avant aux flots qui venaient de la pleine mer, et à chaque lame[1] d'eau qui s'engageait dans le canal, sa proue[2] se soulevait tout entière, de sorte qu'on en voyait la carène[3] en l'air ; mais dans ce mouvement sa poupe[4], venant à plonger, disparaissait à la vue jusqu'au couronnement[5], comme si elle eût été submergée. Dans cette position où le vent et la mer le jetaient à terre, il lui était également impossible de s'en aller par où il était venu, ou, en coupant ses câbles, d'échouer sur le rivage, dont il était séparé par de hauts-fonds[6] semés de récifs. Chaque lame qui venait briser[7] sur la côte s'avançait en mugissant jusqu'au fond des anses, et y jetait des galets à plus de cinquante pieds[8] dans les terres ; puis, venant à se retirer, elle découvrait une grande partie du lit du rivage, dont elle roulait les cailloux avec un bruit rauque et affreux. La mer, soulevée par le vent, grossissait à chaque instant, et tout le canal compris entre cette île et l'île d'Ambre n'était qu'une vaste nappe d'écumes blanches, creusées de vagues noires et profondes. Ces écumes s'amassaient dans le fond des anses à plus de six pieds de hauteur, et le vent, qui en balayait la surface, les portait par-dessus l'escarpement du rivage à plus d'une demi-lieue dans les terres. À leurs flocons blancs et innombrables, qui étaient chassés horizontalement jusqu'au pied des montagnes, on eût dit d'une neige qui sortait de la mer. L'horizon offrait tous les signes d'une longue tempête ; la mer y paraissait confondue avec le ciel. Il s'en

---

1. *Lame* : vague.

2. *Proue* : avant du navire.

3. *Carène* : partie de la coque d'un navire habituellement sous l'eau.

4. *Poupe* : arrière.

5. *Couronnement* : point le plus élevé.

6. *Hauts-fonds* : parties peu profondes de la mer.

7. *Briser* : heurter les rochers.

8. *Cinquante pieds* : voir la note 3, p. 49.

détachait sans cesse des nuages d'une forme horrible qui traver-
saient le zénith[1] avec la vitesse des oiseaux, tandis que d'autres y
paraissaient immobiles comme de grands rochers. On n'aperce-
1760 vait aucune partie azurée du firmament ; une lueur olivâtre et
blafarde éclairait seule tous les objets de la terre, de la mer, et
des cieux.

Dans les balancements du vaisseau, ce qu'on craignait arriva.
Les câbles de son avant rompirent ; et comme il n'était plus retenu
1765 que par une seule aussière[2] il fut jeté sur les rochers à une demi-
encablure[3] du rivage. Ce ne fut qu'un cri de douleur parmi nous.
Paul allait s'élancer à la mer, lorsque je le saisis par le bras : « Mon
fils, lui dis-je, voulez-vous périr ? – Que j'aille à son secours, s'écria-
t-il, ou que je meure ! » Comme le désespoir lui ôtait la raison, pour
1770 prévenir sa perte, Domingue et moi lui attachâmes à la ceinture une
longue corde dont nous saisîmes l'une des extrémités. Paul alors
s'avança vers le *Saint-Géran*, tantôt nageant, tantôt marchant sur
les récifs. Quelquefois il avait l'espoir de l'aborder, car la mer, dans
ses mouvements irréguliers, laissait le vaisseau presque à sec, de
1775 manière qu'on en eût pu faire le tour à pied ; mais bientôt après,
revenant sur ses pas avec une nouvelle furie, elle le couvrait
d'énormes voûtes d'eau qui soulevaient tout l'avant de sa carène,
et rejetaient bien loin sur le rivage le malheureux Paul, les jambes
en sang, la poitrine meurtrie, et à demi noyé. À peine ce jeune
1780 homme avait-il repris l'usage de ses sens qu'il se relevait et retour-
nait avec une nouvelle ardeur vers le vaisseau, que la mer cependant entrouvrait par d'horribles secousses. Tout l'équipage,
désespérant alors de son salut, se précipitait en foule à la mer, sur
des vergues, des planches, des cages à poules, des tables, et des
1785 tonneaux. On vit alors un objet digne d'une éternelle pitié : une
jeune demoiselle parut dans la galerie de la poupe du *Saint-Géran*,

---

1. *Zénith* : point le plus élevé du ciel à la verticale de l'observateur.

2. *Aussière* : corde d'amarrage.

3. *Une demi-encablure* : une centaine de mètres ; l'encablure est une
ancienne mesure de longueur qui valait environ 200 mètres.

tendant les bras vers celui qui faisait tant d'efforts pour la joindre. C'était Virginie. Elle avait reconnu son amant[1] à son intrépidité. La vue de cette aimable personne, exposée à un si terrible danger, nous remplit de douleur et de désespoir. Pour Virginie, d'un port noble et assuré, elle nous faisait signe de la main, comme nous disant un éternel adieu. Tous les matelots s'étaient jetés à la mer. Il n'en restait plus qu'un sur le pont, qui était tout nu et nerveux[2] comme Hercule. Il s'approcha de Virginie avec respect : nous le vîmes se jeter à ses genoux, et s'efforcer même de lui ôter ses habits ; mais elle, le repoussant avec dignité, détourna de lui sa vue. On entendit aussitôt ces cris redoublés des spectateurs : « Sauvez-la, sauvez-la ; ne la quittez pas ! » Mais dans ce moment une montagne d'eau d'une effroyable grandeur s'engouffra entre l'île d'Ambre et la côte, et s'avança en rugissant vers le vaisseau, qu'elle menaçait de ses flancs noirs et de ses sommets écumants. À cette terrible vue le matelot s'élança seul à la mer ; et Virginie, voyant la mort inévitable, posa une main sur ses habits, l'autre sur son cœur, et levant en haut des yeux sereins, parut un ange qui prend son vol vers les cieux.

Ô jour affreux ! hélas ! tout fut englouti. La lame jeta bien avant dans les terres une partie des spectateurs qu'un mouvement d'humanité avait portés à s'avancer vers Virginie, ainsi que le matelot qui l'avait voulu sauver à la nage. Cet homme, échappé à une mort presque certaine, s'agenouilla sur le sable, en disant : « Ô mon Dieu ! vous m'avez sauvé la vie ; mais je l'aurais donnée de bon cœur pour cette digne demoiselle qui n'a jamais voulu se déshabiller comme moi. » Domingue et moi nous retirâmes des flots le malheureux Paul sans connaissance, rendant le sang par la bouche et par les oreilles. Le gouverneur le fit mettre entre les mains des chirurgiens ; et nous cherchâmes de notre côté le long du rivage si la mer n'y apporterait point le corps de Virginie : mais

---

1. *Amant* : selon le sens de l'époque, personne qui aime et qui est aimée.
2. *Nerveux* : musclé.

■ « Naufrage de Virginie ». Gravure de B. Roger d'après le dessin de Prud'hon.

le vent ayant tourné subitement, comme il arrive dans les ouragans, nous eûmes le chagrin de penser que nous ne pourrions pas
même rendre à cette fille infortunée les devoirs de la sépulture[1].
Nous nous éloignâmes de ce lieu, accablés de consternation, tous
l'esprit frappé d'une seule perte, dans un naufrage où un grand
nombre de personnes avaient péri, la plupart doutant, d'après une
fin aussi funeste d'une fille si vertueuse, qu'il existât une Providence[2]; car il y a des maux si terribles et si peu mérités, que
l'espérance même du sage en est ébranlée.

Cependant on avait mis Paul, qui commençait à reprendre ses
sens, dans une maison voisine, jusqu'à ce qu'il fût en état d'être
transporté à son habitation. Pour moi, je m'en revins avec
Domingue, afin de préparer la mère de Virginie et son amie à ce
désastreux événement. Quand nous fûmes à l'entrée du vallon de
la rivière des Lataniers, des noirs nous dirent que la mer jetait
beaucoup de débris du vaisseau dans la baie vis-à-vis. Nous y
descendîmes ; et un des premiers objets que j'aperçus sur le rivage
fut le corps de Virginie. Elle était à moitié couverte de sable, dans
l'attitude où nous l'avions vue périr. Ses traits n'étaient point
sensiblement altérés. Ses yeux étaient fermés ; mais la sérénité
était encore sur son front : seulement les pâles violettes de la
mort se confondaient sur ses joues avec les roses de la pudeur.
Une de ses mains était sur ses habits, et l'autre, qu'elle appuyait
sur son cœur, était fortement fermée et roidie. J'en dégageai avec
peine une petite boîte : mais quelle fut ma surprise lorsque je vis
que c'était le portrait de Paul, qu'elle lui avait promis de ne
jamais abandonner tant qu'elle vivrait ! À cette dernière marque
de la constance et de l'amour de cette fille infortunée je pleurai
amèrement. [...]

Dès le matin on apporta Paul couché dans un palanquin[3]. Il
avait repris l'usage de ses sens ; mais il ne pouvait proférer une

---

1. *Sépulture* : tombeau.
2. *Providence* : voir la note 10, p. 34.
3. *Palanquin* : voir la note 3, p. 76.

parole. Son entrevue avec sa mère et madame de la Tour, que
j'avais d'abord redoutée, produisit un meilleur effet que tous les
soins que j'avais pris jusqu'alors. Un rayon de consolation parut
sur le visage de ces deux malheureuses mères. Elles se mirent
l'une et l'autre auprès de lui, le saisirent dans leurs bras, le bai-
sèrent ; et leurs larmes, qui avaient été suspendues jusqu'alors
par l'excès de leur chagrin, commencèrent à couler. Paul y mêla
bientôt les siennes. La nature s'étant ainsi soulagée dans ces trois
infortunés, un long assoupissement[1] succéda à l'état convulsif[2]
de leur douleur, et leur procura un repos léthargique[3] semblable,
à la vérité, à celui de la mort.

M. de la Bourdonnais m'envoya avertir secrètement que le
corps de Virginie avait été apporté à la ville par son ordre, et
que de là on allait le transférer à l'église des Pamplemousses. Je
descendis aussitôt au Port-Louis, où je trouvai des habitants de
tous les quartiers rassemblés pour assister à ses funérailles,
comme si l'île eût perdu en elle ce qu'elle avait de plus cher.
Dans le port les vaisseaux avaient leurs vergues croisées, leurs
pavillons en berne et tiraient du canon par longs intervalles. Des
grenadiers[4] ouvraient la marche du convoi ; ils portaient leurs
fusils baissés. Leurs tambours, couverts de longs crêpes[5], ne
faisaient entendre que des sons lugubres, et on voyait l'abatte-
ment peint dans les traits de ces guerriers qui avaient tant de fois
affronté la mort dans les combats sans changer de visage. Huit
jeunes demoiselles des plus considérables de l'île, vêtues de
blanc, et tenant des palmes[6] à la main, portaient le corps de leur
vertueuse compagne, couvert de fleurs. Un chœur de petits
enfants le suivit en chantant des hymnes : après eux venait tout

---

1. **Assoupissement** : engourdissement mental.
2. **Convulsif** : violent.
3. **Léthargique** : comateux.
4. **Grenadiers** : soldats.
5. **Crêpes** : voiles de deuil.
6. **Palmes** : feuilles de palmier.

ce que l'île avait de plus distingué dans ses habitants et dans son état-major, à la suite duquel marchait le gouverneur, suivi de la foule du peuple. [...]

On l'enterra près de l'église des Pamplemousses, sur son côté occidental, au pied d'une touffe de bambous, où, en venant à la messe avec sa mère et Marguerite, elle aimait à se reposer assise à côté de celui qu'elle appelait alors son frère.

Au retour de cette pompe funèbre M. de la Bourdonnais monta ici, suivi d'une partie de son nombreux cortège. Il offrit à madame de la Tour et à son amie tous les secours qui dépendaient de lui. Il s'exprima en peu de mots, mais avec indignation, contre sa tante dénaturée ; et s'approchant de Paul, il lui dit tout ce qu'il crut propre à le consoler. « Je désirais, lui dit-il, votre bonheur et celui de votre famille ; Dieu m'en est témoin. Mon ami, il faut aller en France ; je vous y ferai avoir du service. Dans votre absence j'aurai soin de votre mère comme de la mienne », et en même temps il lui présenta la main ; mais Paul retira la sienne, et détourna la tête pour ne le pas voir.

Pour moi, je restai dans l'habitation de mes amies infortunées pour leur donner, ainsi qu'à Paul, tous les secours dont j'étais capable. Au bout de trois semaines Paul fut en état de marcher ; mais son chagrin paraissait augmenter à mesure que son corps reprenait des forces. Il était insensible à tout, ses regards étaient éteints, et il ne répondait rien à toutes les questions qu'on pouvait lui faire. Madame de la Tour, qui était mourante, lui disait souvent : « Mon fils, tant que je vous verrai, je croirai voir ma chère Virginie. » À ce nom de Virginie il tressaillait et s'éloignait d'elle, malgré les invitations de sa mère qui le rappelait auprès de son amie. Il allait seul se retirer dans le jardin, et s'asseyait au pied du cocotier de Virginie, les yeux fixés sur sa fontaine. Le chirurgien du gouverneur, qui avait pris le plus grand soin de lui et de ces dames, nous dit que pour le tirer de sa noire mélancolie il fallait lui laisser faire tout ce qu'il lui plairait, sans le contrarier

1910 en rien ; qu'il n'y avait que ce seul moyen de vaincre le silence auquel il s'obstinait.

Je résolus de suivre son conseil. Dès que Paul sentit ses forces un peu rétablies, le premier usage qu'il en fit fut de s'éloigner de l'habitation. Comme je ne le perdais pas de vue, je me mis en
1915 marche après lui, et je dis à Domingue de prendre des vivres et de nous accompagner. À mesure que ce jeune homme descendait cette montagne, sa joie et ses forces semblaient renaître. Il prit d'abord le chemin des Pamplemousses ; et quand il fut auprès de l'église, dans l'allée des bambous, il s'en fut droit au lieu où il vit
1920 de la terre fraîchement remuée ; là il s'agenouilla, et levant les yeux au ciel il fit une longue prière. Sa démarche me parut de bon augure pour le retour de sa raison, puisque cette marque de confiance envers l'Être Suprême faisait voir que son âme commençait à reprendre ses fonctions naturelles. Domingue et moi nous
1925 nous mîmes à genoux à son exemple, et nous priâmes avec lui. Ensuite il se leva, et prit sa route vers le nord de l'île, sans faire beaucoup d'attention à nous. Comme je savais qu'il ignorait non seulement où on avait déposé le corps de Virginie, mais même s'il avait été retiré de la mer, je lui demandai pourquoi il avait été
1930 prier Dieu au pied de ces bambous : il me répondit : « Nous y avons été si souvent ! »

Il continua sa route jusqu'à l'entrée de la forêt, où la nuit nous surprit. Là, je l'engageai, par mon exemple, à prendre quelque nourriture ; ensuite nous dormîmes sur l'herbe au pied d'un arbre.
1935 Le lendemain je crus qu'il se déterminerait à revenir sur ses pas. En effet il regarda quelque temps dans la plaine l'église des Pamplemousses avec ses longues avenues de bambous, et il fit quelques mouvements comme pour y retourner ; mais il s'enfonça brusquement dans la forêt, en dirigeant toujours sa route vers le nord. Je
1940 pénétrai son intention, et je m'efforçai en vain de l'en distraire. Nous arrivâmes sur le milieu du jour au quartier de la Poudre-d'or. Il descendit précipitamment au bord de la mer, vis-à-vis du lieu où avait péri le *Saint-Géran*. À la vue de l'île d'Ambre, et de son canal

alors uni comme un miroir, il s'écria : « Virginie ! ô ma chère
1945 Virginie ! » et aussitôt il tomba en défaillance. Domingue et moi
nous le portâmes dans l'intérieur de la forêt, où nous le fîmes
revenir avec bien de la peine. Dès qu'il eut repris ses sens il voulut
retourner sur les bords de la mer ; mais l'ayant supplié de ne pas
renouveler sa douleur et la nôtre par de si cruels ressouvenirs, il prit
1950 une autre direction. Enfin pendant huit jours il se rendit dans tous
les lieux où il s'était trouvé avec la compagne de son enfance. [...]
   Dans cette vie sauvage et vagabonde ses yeux se cavèrent [1], son
teint jaunit, et sa santé s'altéra de plus en plus. Persuadé que le
sentiment de nos maux redouble par le souvenir de nos plaisirs, et
1955 que les passions s'accroissent dans la solitude, je résolus d'éloigner mon infortuné ami des lieux qui lui rappelaient le souvenir
de sa perte, et de le transférer dans quelque endroit de l'île où il y
eût beaucoup de dissipation [2]. Pour cet effet je le conduisis sur les
hauteurs habitées du quartier de Williams, où il n'avait jamais été.
1960 L'agriculture et le commerce répandaient dans cette partie de l'île
beaucoup de mouvement et de variété. Il y avait des troupes de
charpentiers qui équarrissaient des bois, et d'autres qui les sciaient
en planches ; des voitures allaient et venaient le long de ses chemins ; de grands troupeaux de bœufs et de chevaux y paissaient
1965 dans de vastes pâturages, et la campagne y était parsemée d'habitations. L'élévation du sol y permettait en plusieurs lieux la culture
de diverses espèces de végétaux de l'Europe. On y voyait çà et là
des moissons de blé dans la plaine, des tapis de fraisiers dans les
éclaircies des bois, et des haies de rosiers le long des routes. La
1970 fraîcheur de l'air, en donnant de la tension aux nerfs, y était même
favorable à la santé des blancs. De ces hauteurs, situées vers le
milieu de l'île, et entourées de grands bois, on n'apercevait ni la
mer, ni le Port-Louis, ni l'église des Pamplemousses, ni rien qui pût
rappeler à Paul le souvenir de Virginie. Les montagnes mêmes, qui

---

1. *Se cavèrent* : se creusèrent.
2. *Dissipation* : distraction.

1975 présentent différentes branches du côté du Port-Louis, n'offrent plus du côté des plaines de Williams qu'un long promontoire en ligne droite et perpendiculaire, d'où s'élèvent plusieurs longues pyramides de rochers où se rassemblent les nuages.

Ce fut donc dans ces plaines où je conduisis Paul. Je le tenais 1980 sans cesse en action, marchant avec lui au soleil et à la pluie, de jour et de nuit, l'égarant exprès dans les bois, les défrichés, les champs, afin de distraire son esprit par la fatigue de son corps, et de donner le change à ses réflexions par l'ignorance du lieu où nous étions, et du chemin que nous avions perdu. Mais l'âme 1985 d'un amant retrouve partout les traces de l'objet aimé. La nuit et le jour, le calme des solitudes et le bruit des habitations, le temps même qui emporte tant de souvenirs, rien ne peut l'en écarter. Comme l'aiguille touchée de l'aimant, elle a beau être agitée, dès qu'elle rentre dans son repos, elle se tourne vers le pôle qui 1990 l'attire. Quand je demandais à Paul, égaré au milieu des plaines de Williams : « Où irons-nous maintenant ? il se tournait vers le nord, et me disait : Voilà nos montagnes, retournons-y. »

Je vis bien que tous les moyens que je tentais pour le distraire étaient inutiles, et qu'il ne me restait d'autre ressource que d'atta-1995 quer sa passion en elle-même, en y employant toutes les forces de ma faible raison. Je lui répondis donc : « Oui, voilà les montagnes où demeurait votre chère Virginie, et voilà le portrait que vous lui aviez donné, et qu'en mourant elle portait sur son cœur, dont les derniers mouvements ont encore été pour vous. » Je présentai alors 2000 à Paul le petit portrait qu'il avait donné à Virginie au bord de la fontaine des cocotiers. À cette vue une joie funeste parut dans ses regards. Il saisit avidement ce portrait de ses faibles mains, et le porta sur sa bouche. Alors sa poitrine s'oppressa, et dans ses yeux à demi sanglants des larmes s'arrêtèrent sans pouvoir couler. [...]

2005 Paul mourut deux mois après la mort de sa chère Virginie, dont il prononçait sans cesse le nom. Marguerite vit venir sa fin huit jours après celle de son fils avec une joie qu'il n'est donné qu'à la vertu d'éprouver. Elle fit les plus tendres adieux à madame

de la Tour, « dans l'espérance, lui dit-elle, d'une douce et éternelle
réunion. La mort est le plus grand des biens, ajouta-t-elle ; on doit
la désirer. Si la vie est une punition, on doit en souhaiter la fin ; si
c'est une épreuve, on doit la demander courte. »

Le gouvernement prit soin de Domingue et de Marie, qui
n'étaient plus en état de servir, et qui ne survécurent pas longtemps à leurs maîtresses. Pour le pauvre Fidèle, il était mort de
langueur à peu près dans le même temps que son maître.

J'amenai chez moi madame de la Tour, qui se soutenait au
milieu de si grandes pertes avec une grandeur d'âme incroyable.
Elle avait consolé Paul et Marguerite jusqu'au dernier instant,
comme si elle n'avait eu que leur malheur à supporter. Quand elle
ne les vit plus, elle m'en parlait chaque jour comme d'amis chéris
qui étaient dans le voisinage. Cependant elle ne leur survécut que
d'un mois. Quant à sa tante, loin de lui reprocher ses maux, elle
priait Dieu de les lui pardonner, et d'apaiser les troubles affreux
d'esprit où nous apprîmes qu'elle était tombée immédiatement
après qu'elle eut renvoyé Virginie avec tant d'inhumanité.

Cette parente dénaturée ne porta pas loin la punition de sa
dureté. J'appris, par l'arrivée successive de plusieurs vaisseaux,
qu'elle était agitée de vapeurs [1] qui lui rendaient la vie et la mort
également insupportables. Tantôt elle se reprochait la fin prématurée de sa charmante petite-nièce, et la perte de sa mère qui s'en
était suivie. Tantôt elle s'applaudissait d'avoir repoussé loin d'elle
deux malheureuses qui, disait-elle, avaient déshonoré sa maison
par la bassesse de leurs inclinations. Quelquefois, se mettant en
fureur à la vue de ce grand nombre de misérables dont Paris est
rempli : « Que n'envoie-t-on, s'écriait-elle, ces fainéants périr dans
nos colonies ? » Elle ajoutait que les idées d'humanité, de vertu,
de religion, adoptées par tous les peuples, n'étaient que des inventions de la politique de leurs princes. Puis, se jetant tout à coup
dans une extrémité opposée, elle s'abandonnait à des terreurs

---

1. *Vapeurs* : malaises.

superstitieuses qui la remplissaient de frayeurs mortelles. Elle courait porter d'abondantes aumônes à de riches moines qui la dirigeaient, les suppliant d'apaiser la Divinité par le sacrifice de sa fortune : comme si des biens qu'elle avait refusés aux malheureux
2045 pouvaient plaire au père des hommes ! Souvent son imagination lui représentait des campagnes de feu, des montagnes ardentes, où des spectres hideux erraient en l'appelant à grands cris. Elle se jetait aux pieds de ses directeurs [1], et elle imaginait contre elle-même des tortures et des supplices ; car le ciel, le juste ciel, envoie
2050 aux âmes cruelles des religions effroyables.

Ainsi elle passa plusieurs années, tour à tour athée [2] et superstitieuse, ayant également en horreur la mort et la vie. Mais ce qui acheva la fin d'une si déplorable existence fut le sujet même auquel elle avait sacrifié les sentiments de la nature. Elle eut le chagrin de
2055 voir que sa fortune passerait après elle à des parents qu'elle haïssait. Elle chercha donc à en aliéner [3] la meilleure partie ; mais ceux-ci, profitant des accès de vapeurs auxquelles elle était sujette, la firent enfermer comme folle, et mettre ses biens en direction. Ainsi ses richesses mêmes achevèrent sa perte ; et comme elles avaient
2060 endurci le cœur de celle qui les possédait, elles dénaturèrent de même le cœur de ceux qui les désiraient. Elle mourut donc, et, ce qui est le comble du malheur, avec assez d'usage de sa raison pour connaître qu'elle était dépouillée et méprisée par les mêmes personnes dont l'opinion l'avait dirigée toute sa vie.

2065 On a mis auprès de Virginie, au pied des mêmes roseaux, son ami Paul, et autour d'eux leurs tendres mères et leurs fidèles serviteurs. On n'a point élevé de marbres sur leurs humbles tertres, ni gravé d'inscriptions à leurs vertus ; mais leur mémoire est restée ineffaçable dans le cœur de ceux qu'ils ont obligés. Leurs ombres
2070 n'ont pas besoin de l'éclat qu'ils ont fui pendant leur vie ; mais si

---

1. *Directeurs* : confesseurs.
2. *Athée* : qui ne croit pas en Dieu.
3. *Aliéner* : donner à d'autres.

elles s'intéressent encore à ce qui se passe sur la terre, sans doute elles aiment à errer sous les toits de chaume qu'habite la vertu laborieuse, à consoler la pauvreté mécontente de son sort, à nourrir dans les jeunes amants une flamme durable, le goût des biens naturels, l'amour du travail, et la crainte des richesses.

La voix du peuple, qui se tait sur les monuments élevés à la gloire des rois, a donné à quelques parties de cette île des noms qui éterniseront la perte de Virginie. On voit près de l'île d'Ambre, au milieu des écueils, un lieu appelé LA PASSE DU SAINT-GÉRAN du nom de ce vaisseau qui y périt en la ramenant d'Europe. L'extrémité de cette longue pointe de terre que vous apercevez à trois lieues d'ici, à demi couverte des flots de la mer, que le *Saint-Géran* ne put doubler la veille de l'ouragan pour entrer dans le port, s'appelle LE CAP MALHEUREUX; et voici devant nous, au bout de ce vallon, LA BAIE DU TOMBEAU, où Virginie fut trouvée ensevelie dans le sable; comme si la mer eût voulu rapporter son corps à sa famille, et rendre les derniers devoirs à sa pudeur sur les mêmes rivages qu'elle avait honorés de son innocence.

Jeunes gens si tendrement unis! mères infortunées! chère famille! ces bois qui vous donnaient leurs ombrages, ces fontaines qui coulaient pour vous, ces coteaux où vous reposiez ensemble, déplorent encore votre perte. Nul depuis vous n'a osé cultiver cette terre désolée, ni relever ces humbles cabanes. Vos chèvres sont devenues sauvages; vos vergers sont détruits; vos oiseaux sont enfuis, et on n'entend plus que les cris des éperviers qui volent en rond au haut de ce bassin de rochers. Pour moi, depuis que je ne vous vois plus, je suis comme un ami qui n'a plus d'amis, comme un père qui a perdu ses enfants, comme un voyageur qui erre sur la terre, où je suis resté seul.

En disant ces mots ce bon vieillard s'éloigna en versant des larmes, et les miennes avaient coulé plus d'une fois pendant ce funeste récit.

DOSSIER

Le contexte historique et culturel

1. *Paul et Virginie* paraît en librairie :

   A. sous Louis XIV
   B. sous Louis XV
   C. sous Louis XVI

2. La monarchie française est alors :

   A. solidement établie dans un royaume prospère
   B. fortement contestée, dans un pays en faillite et agité
   C. finie

3. En 1788, le grand événement socio-politique est :

   A. la préparation de l'Assemblée des états généraux
   B. le sacre de Napoléon Ier
   C. la prise de la Bastille

4. La plus révolutionnaire des constructions littéraires du XVIIIe siècle est :

   A. L'*Encyclopédie* (1751-1772) de Diderot et d'Alembert qui passe au crible toutes les connaissances du temps
   B. Les dizaines de milliers de lettres envoyées par Voltaire à des correspondants du monde entier
   C. L'*Histoire naturelle* en 36 volumes (1749-1789) de Buffon, qui réconcilie nature et civilisation

5. En 1788, l'héritage de la pensée des philosophes peut se résumer ainsi

   A. utopie, nature, liberté
   B. raison, tolérance, humanité
   C. foi, patriotisme, esclavage

6. En 1788, on jouait dans les théâtres parisiens une pièce éblouissante, créée quatre ans plus tôt, où la satire politique et sociale éclatait pleinement ; c'était :

   A. *Les Trois Sultanes* de Favart
   B. *L'Avare fastueux* de Goldoni
   C. *Le Mariage de Figaro* de Beaumarchais

7. À l'étranger, les artistes vivants et célèbres dans les années 1780-1790 étaient :
   A. Goethe, Mozart, Schiller
   B. Cervantès, Dante, Calderón
   C. Tchekhov, Kafka, Joyce

L'intertextualité

Bernardin de Saint-Pierre est assis à son bureau, en train de rédiger son manuscrit de *Paul et Virginie*. À portée de main, il a les ouvrages de différents auteurs, qu'il consulte pour leur emprunter des idées. Retrouvez ces auteurs et complétez la grille ci-contre.

Verticalement
   1. Spécialiste du genre de la pastorale, auteur d'un *Essai sur la pastorale*, paru un an avant *Paul et Virginie*
   2. Titre du premier livre de la Bible, narrant la création du monde
   3. Auteur de l'histoire des troglodytes dans un ouvrage de critique sociale, les *Lettres persanes* (1721)

Horizontalement
   A. Auteur des *Aventures de Télémaque* (1699), roman d'éducation utilisant de nombreuses références à la mythologie grecque
   B. Maître à penser et ami de Bernardin, auteur de *La Nouvelle Héloïse*, roman d'amour paru en 1761
   C. Auteur de *Robinson Crusoé*, roman d'aventures dans un cadre exotique, paru en 1721

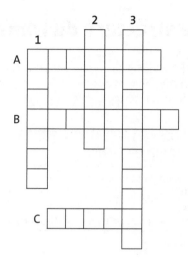

Les différents états du texte

Paul et Virginie a été souvent remanié. Parmi ces trois versions de la première phrase, cherchez laquelle a été finalement retenue par l'auteur. Diriez-vous que le travail de réécriture s'est fait dans le sens d'une simplification ou d'une complexification du texte ?

A. « Sur le côté oriental de la montagne qui s'élève derrière le Port-Louis de l'Île-de-France, à la naissance d'un vallon appelé l'enfoncement des prêtres, on voit le long des bois, deux terrains abandonnés et, sur ces terrains, les ruines de deux petites maisons. »

B. « Sur le côté oriental de la montagne qui s'élève derrière le Port-Louis de l'Île-de-France, à la naissance d'un petit vallon, on voit le long des bois deux terrains jadis cultivés, abandonnés et sur ces terrains les ruines de deux cabanes. »

C. « Sur le côté oriental de la montagne qui s'élève derrière le Port-Louis de l'Île-de-France, on voit, dans un terrain jadis cultivé, les ruines de deux petites cabanes. »

La structure du roman

Le jeune Européen, pendant son retour en France, essaie de remettre en ordre ses souvenirs du récit que lui a fait le sage vieillard. Aidez-le à recomposer l'ordre de l'histoire.

Épisodes du roman	Ordre chronologique
Rencontre par hasard du sage vieillard.	1
Première lettre de Virginie à sa famille.	
Installation des familles dans le bassin des Lataniers.	
Paul se laisse mourir.	
Un orage dévaste le bassin des Lataniers.	
Deuxième lettre de la tante.	
Départ forcé de Virginie.	
Première lettre de la tante.	
Un ouragan détruit le *Saint-Géran* qui ramène Virginie.	
Dialogue éducatif entre Paul et le sage vieillard.	
Enterrement de Virginie.	
Troubles mystérieux de Virginie.	
Départ du sage vieillard en larmes.	16
Petite enfance paradisiaque de Paul et Virginie.	
Naissance de l'amour entre Paul et Virginie.	
Deuxième lettre de Virginie à sa famille.	

Les thèmes du roman

Un journaliste du *Journal de Paris* ou du *Mercure de France* doit faire, pendant l'été 1788, un compte rendu sur le court roman *Paul et Virginie* qui vient de paraître. Aidez-le à mettre au clair ses idées.

La nature

	Vrai	Faux
1. La nature dans *Paul et Virginie* a un visage inquiétant et un visage rassurant.		
2. La nature selon Bernardin est un temple sacré dont la fréquentation élève l'âme vers Dieu.		
3. Les paysages exotiques sont décrits de façon à la fois poétique et documentée.		
4. La nature dans l'Île de France est comparée au jardin d'Éden créé pour Adam et Ève.		

La société

	Vrai	Faux
1. La micro-société du bassin des Lataniers reproduit la société européenne.		
2. La société européenne est incarnée par la tante dénaturée.		
3. À l'adolescence, les deux héros reçoivent une éducation identique.		
4. Paul et Virginie préfèrent tous les deux mourir plutôt qu'intégrer la société.		

L'amour

	Vrai	Faux
1. Dans l'état de nature, l'accord entre les êtres est spontané, immédiat.		
2. Virginie découvre la force de son amour pour Paul sans inquiétude intérieure.		
3. Dans l'état de culture, les êtres ordinaires s'entre-déchirent et se trahissent.		
4. L'amour entre deux êtres que le ciel a fait l'un pour l'autre peut subsister dans la civilisation.		

Les relations parents-enfants

	Vrai	Faux
1. *Paul et Virginie* est un roman de pères absents (mort ou en fuite).		
2. Le vieillard-narrateur remplace les deux pères car il a du pouvoir et de l'autorité.		
3. L'image des parents est entièrement féminine et dédoublée.		
4. Les deux mères sont idéales et font tout pour aider leurs enfants à accéder à l'âge adulte.		
5. Il n'y a aucune figure féminine vraiment négative dans ce roman.		

La réception de l'œuvre

Paul et Virginie correspondait exactement à l'horizon d'attente du public. Le roman a eu un succès de larmes et l'auteur a été abondamment loué. Mais il a aussi été blâmé, et avec une extrême virulence, par la suite. Classer les propos suivants selon qu'ils relèvent à votre avis de l'éloge, du blâme ou d'une appréciation plutôt équivoque :

	Éloge	Blâme	Jugement équivoque
1. C. Baudelaire considère que Virginie est d'« une grande intelligence ». (*De l'essence du rire*.)			
2. F. Vanderem qualifie *Paul et Virginie* de « fade confiture de goyave ». (*Le Temps*, 25 octobre 1918.)			
3. L'abbé Bethleem écrit : « Roman à proscrire ! [...] Flaubert mentionne *Paul et Virginie* parmi les ouvrages romanesques qui contribuent à tourner la tête à la jeune Emma Rouault, la future Madame Bovary. » (*Romans à lire et à proscrire*, 1928.)			
4. Lamartine : « merveilleux poème [...] On avait pleuré ! On pleure encore, on pleurera toujours. » (*Cours familier de Littérature*, 1867.)			
5. K. Haedens : « Malgré son charme réel, *Paul et Virginie* reste un des témoignages les plus fades de la littérature vertueuse. » (*Une histoire de la littérature française*, 1949.)			

	Éloge	Blâme	Jugement équivoque
6. Étiemble : « *Paul et Virginie* depuis un siècle et demi corrompt tous les enfants : livre faux et mesquin, dont la morale se résume en ce cri : *Dieu soit loué, vous êtes riche !* » (*Histoire des littératures*, 1958.)			
7. J. Fabre : « S'insérant dans une mode où ne pouvait guère triompher que l'affectation, *Paul et Virginie*, pastorale tragique, gonflée des rêves, des rancœurs et de la nostalgie de Bernardin, a la même vérité que l'antique poésie. » (*Lumières et Romantisme*, 1953.)			
8. L. Aragon : « *Paul et Virginie* apparaîtrait de nos jours comme une nouveauté surprenante pourvu que Virginie fît quelques réflexions sur les bananes et que Paul distraitement s'arrachât de temps en temps des molaires. » (*Traité du style*, 1928.)			
9. L. Bonaparte : « *Paul et Virginie* m'a coûté bien des larmes, et sans doute Paul n'en versait pas plus lors de la séparation avec sa sœur. » (Lettre à Bernardin, 1788.)			

Utopies

Les utopies narratives furent nombreuses dans la littérature du XVIIIe siècle (la Bétique dans *Télémaque* de Fénelon, l'Eldorado dans *Candide* de Voltaire, la communauté de Clarens dans *La Nouvelle Héloïse* de Rousseau). Il s'agit en général de la description, par un observateur de passage, d'une société fictive.

La première partie de *Paul et Virginie* peut être facilement rapprochée de la description d'une société utopique, à condition de bien souligner sa grande fragilité.

Sans forcer le parallélisme, on pourra ainsi comparer le début du roman de Bernardin de Saint-Pierre avec les *Lettres persanes* de Montesquieu ou le *Supplément au Voyage de Bougainville* de Diderot.

Montesquieu, *Lettres persanes*, XII (1721)

La lettre XII raconte l'histoire des Troglodytes, un peuple imaginaire absolument parfait où chacun ne cherche que le bonheur d'autrui. Dans ce passage, Montesquieu expose les constituants d'une vie communautaire idéale : religiosité spontanée, cœur simple, altruisme total, recherche permanente de l'union.

Qui pourrait représenter ici le bonheur de ces Troglodytes ? Un peuple si juste devait être chéri des dieux. Dès qu'il ouvrit les yeux pour les connaître, il apprit à les craindre, et la religion vint adoucir dans les mœurs ce que la nature y avait laissé de trop rude.

Ils instituèrent des fêtes en l'honneur des dieux : les jeunes filles, ornées de fleurs, et les jeunes garçons, les célébraient par leurs danses, et par les accords d'une musique champêtre. On faisait ensuite des festins où la joie ne régnait pas moins que la frugalité. C'était dans ces assemblées que parlait la nature naïve ; c'est là qu'on apprenait à donner le cœur et à le recevoir ; c'est là que la pudeur virginale faisait en rougissant un aveu surpris, mais bientôt confirmé par le consentement des pères ; et c'est là que les tendres mères se plaisaient à prévoir de loin une union douce et fidèle.

On allait au temple pour demander les faveurs des dieux ; ce n'était pas les richesses et une onéreuse abondance : de pareils souhaits étaient indignes des heureux Troglodytes ; ils ne savaient les désirer que pour leurs compatriotes. Ils n'étaient au pied des autels que pour demander la santé de leurs pères, l'union de leurs frères, la tendresse de leurs femmes, l'amour et l'obéissance de leurs enfants. Les filles y venaient apporter le tendre sacrifice de leur cœur, et ne leur demandaient d'autre grâce que celle de pouvoir rendre un Troglodyte heureux.

Le soir, lorsque les troupeaux quittaient les prairies, et que les bœufs fatigués avaient ramené la charrue, ils s'assemblaient ; et, dans un repas frugal[1], ils chantaient les injustices des premiers Troglodytes et leurs malheurs, la vertu renaissante avec un nouveau peuple, et sa félicité. Ils célébraient les grandeurs des dieux, leurs faveurs toujours présentes aux hommes qui les implorent, et leur colère inévitable à ceux qui ne les craignent pas ; ils décrivaient ensuite les délices de la vie champêtre et le bonheur d'une condition toujours parée de l'innocence.

Diderot, *Supplément au Voyage de Bougainville* (1772)

Le *Supplément au Voyage de Bougainville* fut rédigé un an après la publication du *Voyage autour du monde* de Bougainville (1771). Il dépeint Tahiti comme un lieu idéal où chacun est libre sur tous les plans (moral, sexuel, etc.).
Au moment où Bougainville va se rembarquer, un sage vieillard lui rappelle l'innocence, la liberté, la tolérance, le bonheur, la générosité qui règnent à Tahiti.

Si un Tahitien débarquait un jour sur vos côtes, et qu'il gravât sur une de vos pierres ou sur l'écorce d'un de vos arbres : « Ce pays est aux habitants de Tahiti », qu'en penserais-tu ? Tu es le plus fort ! Et qu'est-ce que cela fait ? Lorsqu'on t'a enlevé une des méprisables bagatelles dont ton bâtiment est rempli, tu t'es récrié, tu t'es vengé ; et dans le même instant tu as projeté au fond de ton cœur le vol de toute une contrée ! Tu n'es pas esclave : tu souffrirais la mort plutôt que de l'être, et tu veux nous asservir ! Tu crois donc que le Tahitien, ne sait pas défendre sa liberté et mourir ? Celui dont tu veux t'emparer comme de la brute, le Tahitien, est ton frère. Vous êtes deux enfants de la nature ; quel droit as-tu sur lui qu'il n'ait pas sur toi ? Tu es venu ; nous sommes-nous jetés sur ta personne ? Avons-nous pillé ton vaisseau ? T'avons-nous saisi et exposé aux flèches de nos ennemis ? T'avons-

---

1. *Frugal* : voir la note 1, p. 50.

nous associé dans nos champs au travail de nos animaux ? Nous avons respecté notre image en toi. Laisse-nous nos mœurs ; elles sont plus sages et plus honnêtes que les tiennes ; nous ne voulons point troquer ce que tu appelles notre ignorance, contre tes inutiles lumières. Tout ce qui nous est nécessaire et bon, nous le possédons. Sommes-nous dignes de mépris, parce que nous n'avons pas su nous faire des besoins superflus ? Lorsque nous avons faim, nous avons de quoi manger ; lorsque nous avons froid, nous avons de quoi nous vêtir. Tu es entré dans nos cabanes, qu'y manque-t-il, à ton avis ? Poursuis jusqu'où tu voudras ce que tu appelles commodités de la vie ; mais permets à des êtres sensés de s'arrêter, lorsqu'ils n'auraient à obtenir, de la continuité de leurs pénibles efforts, que des biens imaginaires. Si tu nous persuades de franchir l'étroite limite du besoin, quand finirons-nous de travailler ? Quand jouirons-nous ? Nous avons rendu la somme de nos fatigues annuelles et journalières la moindre qu'il était possible, parce que rien ne nous paraît préférable au repos. Va dans ta contrée t'agiter, te tourmenter tant que tu voudras ; laisse-nous reposer : ne nous entête ni de tes besoins factices, ni de tes vertus chimériques.

Nature et société

Mais plus profondément que l'utopie, ce qui intéresse Bernardin de Saint-Pierre, ce sont les relations entre la nature et la société. Le grand modèle est alors bien sûr Rousseau dont deux textes éclairent particulièrement la lecture de *Paul et Virginie*.

Rousseau, *Discours sur l'origine et les fondements de l'inégalité parmi les hommes*, II (1755)

Dans cet essai, Rousseau défend la thèse que l'homme est naturelle-ment bon et que c'est la société, en instaurant l'inégalité, qui engendre le mal. Il fait ici un tableau idyllique de l'homme primitif, du « bon sauvage », dénaturé par la société.

Le premier qui, ayant enclos un terrain, s'avisa de dire : *Ceci est à moi*, et trouva des gens assez simples pour le croire, fut le vrai fondateur de la société civile. Que de crimes, de guerres, de meurtres, que de misères et d'horreurs n'eût point épargnés au genre humain celui qui, arrachant les pieux ou comblant le fossé, eût crié à ses semblables : Gardez-vous d'écouter cet imposteur ; vous êtes perdus, si vous oubliez que les fruits sont à tous, et que la terre n'est à personne. Mais il y a grande apparence, qu'alors les choses en étaient déjà venues au point de ne pouvoir plus durer comme elles étaient ; car cette idée de propriété, dépendant de beaucoup d'idées anté-rieures qui n'ont pu naître que successivement, ne se forma pas tout d'un coup dans l'esprit humain. Il fallut faire bien des progrès, acquérir bien de l'industrie et des lumières, les transmettre et les augmenter d'âge en âge, avant que d'arriver à ce dernier terme de l'état de nature. Reprenons donc les choses de plus haut et tâchons de rassembler sous un seul point de vue cette lente succession d'événe-ments et de connaissances, dans leur ordre le plus naturel.

Le premier sentiment de l'homme fut celui de son existence, son premier soin celui de sa conservation. Les productions de la terre lui fournissaient tous les secours nécessaires, l'instinct le porta à en faire usage. La faim, d'autres appétits lui faisant éprouver tour à tour diverses manières d'exister, il y en eut une qui l'invita à perpétuer son espèce ; et ce penchant aveugle, dépourvu de tout sentiment du cœur, ne produisait qu'un acte purement animal. Le besoin satisfait, les deux sexes ne se reconnaissaient plus, et l'enfant même n'était plus rien à la mère sitôt qu'il pouvait se passer d'elle.

Telle fut la condition de l'homme naissant ; telle fut la vie d'un animal borné d'abord aux pures sensations, et profitant à peine des dons que lui offrait la nature, loin de songer à lui rien arracher ; mais il se présenta bientôt des difficultés, il fallut apprendre à les vaincre : la hauteur des arbres qui l'empêchait d'atteindre à leurs fruits, la concur-rence des animaux qui cherchaient à s'en nourrir, la férocité de ceux qui en voulaient à sa propre vie, tout l'obligea de s'appliquer aux exercices du corps ; il fallut se rendre agile, vite à la course, vigoureux au combat. Les armes naturelles, qui sont les branches d'arbre et les pierres, se trouvèrent bientôt sous sa main. Il apprit à surmonter les obstacles de la nature, à combattre au besoin les autres animaux, à disputer sa subsistance aux hommes mêmes, ou à se dédommager de ce qu'il fallait céder au plus fort.

À mesure que le genre humain s'étendit, les peines se multiplièrent avec les hommes. La différence des terrains, des climats, des saisons, put les forcer à en mettre dans leurs manières de vivre. Des années stériles, des hivers longs et rudes, des étés brûlants qui consument tout, exigèrent d'eux une nouvelle industrie. Le long de la mer, et des rivières, ils inventèrent la ligne et l'hameçon, et devinrent pêcheurs et ichtyophages. Dans les forêts ils se firent des arcs et des flèches, et devinrent chasseurs et guerriers. Dans les pays froids ils se couvrirent des peaux des bêtes qu'ils avaient tuées. Le tonnerre, un volcan, ou quelque heureux hasard, leur fit connaître le feu, nouvelle ressource contre la rigueur de l'hiver : ils apprirent à conserver cet élément, puis à le reproduire, et enfin à en préparer les viandes qu'auparavant ils dévoraient crues. [...]

Ces premiers progrès mirent enfin l'homme à portée d'en faire de plus rapides. Plus l'esprit s'éclairait, et plus l'industrie se perfectionna. Bientôt cessant de s'endormir sous le premier arbre, ou de se retirer dans des cavernes, on trouva quelques sortes de haches de pierres dures et tranchantes, qui servirent à couper du bois, creuser la terre et faire des huttes de branchages, qu'on s'avisa ensuite d'enduire d'argile et de boue. Ce fut là l'époque d'une première révolution qui forma l'établissement et la distinction des familles, et qui introduisit une sorte de propriété ; d'où peut-être naquirent déjà bien des querelles et des combats. Cependant comme les plus forts furent vraisemblablement les premiers à se faire des logements qu'ils se sentaient capables de défendre, il est à croire que les faibles trouvèrent plus court et plus sûr de les imiter que de tenter de les déloger ; et quant à ceux qui avaient déjà des cabanes, chacun dut peu chercher à s'approprier celle de son voisin, moins parce qu'elle ne lui appartenait pas que parce qu'elle lui était inutile et qu'il ne pouvait s'en emparer, sans s'exposer à un combat très vif avec la famille qui l'occupait. [...]

Dans ce nouvel état, avec une vie simple et solitaire, des besoins très bornés, et les instruments qu'ils avaient inventés pour y pourvoir, les hommes jouissant d'un fort grand loisir l'employèrent à se procurer plusieurs sortes de commodités inconnues à leurs pères ; et ce fut là le premier joug qu'ils s'imposèrent sans y songer, et la première source de maux qu'ils préparèrent à leurs descendants ; car outre qu'ils continuèrent ainsi à s'amollir le corps et l'esprit, ces commodités ayant par l'habitude perdu presque tout leur agrément, et étant en même temps dégénérées en de vrais besoins, la privation en devint beaucoup plus cruelle que la possession n'en était douce, et l'on était malheureux de les perdre, sans être heureux de les posséder. [...]

Mais il faut remarquer que la société commencée et les relations déjà établies entre les hommes exigeaient en eux des qualités différentes de celles qu'ils tenaient de leur constitution primitive ; que la moralité commençant à s'introduire dans les actions humaines, et chacun avant les lois étant seul juge et vengeur des offenses qu'il avait reçues, la bonté convenable au pur état de nature n'était plus celle qui convenait à la société naissante ; qu'il fallait que les punitions devinssent plus sévères à mesure que les occasions d'offenser devenaient plus fréquentes, et que c'était à la terreur des vengeances de tenir lieu du frein des lois. Ainsi quoique les hommes fussent devenus moins endurants, et que la pitié naturelle eût déjà souffert quelque altération, cette période du développement des facultés humaines, tenant un juste milieu entre l'indolence de l'état primitif et la pétulante activité de notre amour-propre, dut être l'époque la plus heureuse et la plus durable. Plus on y réfléchit, plus on trouve que cet état était le moins sujet aux révolutions, le meilleur à l'homme, et qu'il n'en a dû sortir que par quelque funeste hasard qui pour l'utilité commune eût dû ne jamais arriver. L'exemple des sauvages qu'on a presque tous trouvés à ce point semble confirmer que le genre humain était fait pour y rester toujours, que cet état est la véritable jeunesse du monde, et que tous les progrès ultérieurs ont été en apparence autant de pas vers la perfection de l'individu, et en effet vers la décrépitude de l'espèce.

Tant que les hommes se contentèrent de leurs cabanes rustiques, tant qu'ils se bornèrent à coudre leurs habits de peaux avec des épines ou des arêtes, à se parer de plumes et de coquillages, à se peindre le corps de diverses couleurs, à perfectionner ou à embellir leurs arcs et leurs flèches, à tailler avec des pierres tranchantes quelques canots de pêcheurs ou quelques grossiers instruments de musique, en un mot tant qu'ils ne s'appliquèrent qu'à des ouvrages qu'un seul pouvait faire, et qu'à des arts qui n'avaient pas besoin du concours de plusieurs mains, ils vécurent libres, sains, bons et heureux autant qu'ils pouvaient l'être par leur nature, et continuèrent à jouir entre eux des douceurs d'un commerce indépendant : mais dès l'instant qu'un homme eut besoin du secours d'un autre ; dès qu'on s'aperçut qu'il était utile à un seul d'avoir des provisions pour deux, l'égalité disparut, la propriété s'introduisit, le travail devint nécessaire et les vastes forêts se changèrent en des campagnes riantes qu'il fallut arroser de la sueur des hommes, et dans lesquelles on vit bientôt l'esclavage et la misère germer et croître avec les moissons.

Rousseau, *La Nouvelle Héloïse*, V, 7 (1761)

La Nouvelle Héloïse, imposant roman épistolaire qui eut un immense succès, oppose Paris, lieu honni où triomphent les préjugés sociaux, à Clarens, où l'on vit en communion avec la nature. Dans cette lettre, Rousseau fait l'éloge de la vie champêtre. Pour lui, comme pour Bernardin de Saint-Pierre, la nature est un monde capable de satisfaire à la fois le cœur et la raison. Elle est le lieu sacré où l'homme peut se réconcilier avec lui-même.

Le travail de la campagne est agréable à considérer, et n'a rien d'assez pénible en lui-même pour émouvoir à compassion. L'objet de l'utilité publique et privée le rend intéressant ; et puis, c'est la première vocation de l'homme : il rappelle à l'esprit une idée agréable, et au cœur tous les charmes de l'âge d'or. L'imagination ne reste point froide à l'aspect du labourage et des moissons. La simplicité de la vie pastorale et champêtre a toujours quelque chose qui touche. Qu'on regarde les prés couverts de gens qui fanent et chantent, et des troupeaux épars dans l'éloignement : insensiblement on se sent attendrir sans savoir pourquoi. Ainsi quelquefois encore la voix de la nature amollit nos cœurs farouches ; et, quoiqu'on l'entende avec un regret inutile, elle est si douce qu'on ne l'entend jamais sans plaisir.

J'avoue que la misère qui couvre les champs en certains pays où le publicain dévore les fruits de la terre, l'âpre avidité d'un fermier avare, l'inflexible rigueur d'un maître inhumain, ôtent beaucoup d'attrait à ces tableaux. Des chevaux étiques près d'expirer sous les coups, de malheureux paysans exténués de jeûnes, excédés de fatigue, et couverts de haillons, des hameaux de masures, offrent un triste spectacle à la vue : on a presque regret d'être homme quand on songe aux malheureux dont il faut manger le sang. Mais quel charme de voir de bons et sages régisseurs faire de la culture de leurs terres l'instrument de leurs bienfaits, leurs amusements, leurs plaisirs ; verser à pleines mains les dons de la Providence ; engraisser tout ce qui les entoure, hommes et bestiaux, des biens dont regorgent leurs granges, leurs caves, leurs greniers ; accumuler l'abondance et la joie autour d'eux, et faire du travail qui les enrichit une fête continuelle ! Comment se dérober à la douce illusion que ces objets font naître ? On oublie son siècle et ses contemporains ; on se transporte au temps des patriarches ; on veut mettre soi-même la main à l'œuvre, partager les travaux rustiques et le bonheur qu'on y voit attaché.

Dernières parutions

Création maquette intérieure :
Sarbacane Design.

Composition : IGS-CP.
N° d'édition : L..01EHRN000196.C003
Dépôt légal : novembre 2007
Imprimé en Espagne par Novoprint (Barcelone)